コンジュジ

木崎みつ子

JN037833

集英社文庫

cônjuge

コンジュジ

せれながリアンに恋をしたのは、もう二十年も前のことだ。せれなは現在三十一歳、リアンは生きていれば六十二歳になる。

リアンのフルネームはトーマス・リアン・ノートン。一九五一年二月五日生まれのイギリス人で「The Cups（ザ・カップス）」という四人組バンドのメインボーカルを務めていた。端整な顔立ちと卓越した歌唱力、類いまれなるメロディーセンスで多くの聴衆を魅了し、最も偉大なアーティストの一人としても名を残している。

リアンとは正式な知り合いではない。せれなは彼のようにミュージシャンではないし、ライブも一度も観に行ったことがない。後追い世代なので、恋に落ちてしまったとき彼はすでにこの世にはいなかったのだ。

リアンは一九八三年にスペインで悲運の死を遂げて伝説となった。人によっては彼のことを神のように崇《あが》めているが、せれなはそこまではしない。人々が信じたがるような神秘性を取り除くと、彼もせれなと同じ人間だったからだ。

父はせれなが十七歳のときに死んだ。父の命日が近づくと、十代の頃の忌まわしい記憶がよみがえってくる。それは行列やノルマのように終わりがなく、自分でコントロールできない。

だから今夜リアンの元へ行く。そのために高い金を出してバラの花束を買ってきたのだ。せっかく彼に会えるのだから、手ぶらでは申し訳ない。

*

父は強い人ではなかった。過去に二度手首を切っている。一度目は長年勤めたホテルを解雇されて人生を悲観したときだ。だらだらと流れる血を洗面器で受け止めながら風呂場から出てきた父には驚かされたが、それを見た母の引きつった顔ほどせれなを不安にさせるものはなかった。

二度目に切ったのはそのわずか三週間後、母に逃げられたときだ。母は元来「世界をアタシ中心に回したい」などといやしい願望をむきだしにする頭の悪い人だった。それを成就させるための器量を厚化粧で間に合わせ、マニキュアと香水の混ざった悪臭を放つことで自信を深めていた。

母の朝帰りはせれなが小学校に上がった頃からすでに習慣化しており、家にいるときも虫唾の走る声音で「ケンちゃん」という謎の人物と電話をしていた。かわいがられた思い出はほとんどなく、母には一度も「学校楽しかった？」と質問されなかった。そのくせ身だしなみにはケチをつけてきて、男子の視線を独り占めできるシフォンブラウスだの脚が長く見えるパンツだのを無理やり着せられていた。せれなは幼い頃から友達がいなかったので、母親という存在はこういうものなのだと受け流し、学校から帰ると散らかった家を掃除して袋麺を食べていた。

父が解雇されてからは、母は家を空けることはなくなったが「金がないのはあんたも同じじゃないか」と、ケンちゃんと毎日電話で口論するようになった。声量さえも遠慮を知らない人だったので、寝室にいる父と自室で宿題をするせれなにも会話は筒抜けだった。誕生日を控えていた当時九歳のせれなは、ケーキを買ってもらえないどころか自分の財産まで奪われる予感がした。そのため黄色の豚の貯金箱に貯めていた大切な小銭を、国語辞典や漫画本のページにセロハンテープで少しずつ貼り付けて対処した。

　そしてせれなが誕生日を迎えた朝、母は姿を消した。「ごめんね」の書き置きもなく、預金通帳とキャッシュカードはしっかり持ち去っているのがなんとも母らしかった。母が出て行くとき、父は眠っていたのかわかっていて行かせたのか、それとも必死に止めたのかせめて金くらいは守ろうとしたのかは確認していない。風呂場で血を流しているのに窓から射《さ》し込む光を浴びながらすやすや眠る父を見て、全部どうでもよくなったからだ。

　九割方あきらめてはいたものの、母に本当に見捨てられたことで悲しみや憎悪や失望などの負の感情が湧き出した。それでもたったの三週間で仕事と妻と財産を失って、再び自傷行為に走った哀れな父のそばについているしかなかった。

　母のような人間と駆け落ち同然で結婚した父は、一族のほとんどの者と交流がなくなっていた。母の一族に関しては生死さえもわからなかった。もはやアテになるのはせれなが死守した二千三百六円だけかと思われたが、父は神戸で暮らす実姉と七年ぶりに連絡をとった。

　土産物をたくさん抱えてやってきた伯母は、まず「おおきなったなあ」とせれなを長い間抱きしめて泣いた。料理が上手な人で、温かい肉じゃがとオムライスを食べさせてくれたが、布団をかぶってすすり泣く父には何時間も説教をして徹底的に追い詰めていた。やがてスタミナが切れた伯母は、当面の生活費を援助する代わりに、男手一つで娘を育て上げることを父に約束させていた。

　あのくどい説教にどれほどの効力があったのかはわからないが、手首の傷が治る頃には父の顔つきがすっかり変わっていた。せれなを連れてトイレだけリフォームされた木造アパートに引っ越すと、再就職先を必死に探し始めた。せれなはトースト、目玉焼き、おにぎりと料理のレパートリーを少しずつ増やしていき、父の生活を支えることに専念した。それから一カ月後、無事に仕事が決まったと報告された際には、腕によりをかけて出汁の代わりにしょうゆを使ったみそ汁を作り、父を笑い泣きさせたのだった。

　昼夜の寒暖差が激しいある春の夜、せれなはパジャマの上からセーターとはんてんを着て、日付が変わっても帰ってこない父を待っていた。新しい生活を始めて半年が経過すると、決まって二十一時に帰っていた父の寄り道の回数が急増した。鼻息さえも白くする我が家よりも飲み屋の方がさぞ居心地がいいのだろうと、なるべく広い心で受け止めることにしていた。

するとアパートの外階段から聞き慣れないハイヒールの足音が鳴り響き、思わず身構えた。その不規則で重たい音は我が家の前で止まり、戸締まりをしていなかったことを思い出して駆け出したときには、ドアノブは音の主に握られていた。不気味なほどゆっくりドアが開かれると、まずは冷たい風がノーガードだったせれなの両耳にダメージを与えた。次に、ひょっこりと姿を現した大柄の異国の女がせれなの頭の中を一瞬真っ白にした。女の左脇に目をやると泥酔状態の父が抱えられていたので、彼女が飲み屋の店員であることを察知し、このまま寝室まで運んでもらおうと通路を譲った。

女はドアを閉めると、背中まで伸ばした金髪を鏡獅子《かがみじし》のように振り乱しながら、父を「WELCOME」と書かれた玄関マットの上に叩きつけた。衝撃で目を覚ました父は、人差し指を天井に向けて「寝室あっち……」と呟き、マットの上で嘔吐した。女は鼻の穴を広げて不快感を露《あら》わにし、指先でマットをつまんで裏返しにした。まるで雑巾のようにハイヒールを履いた足で何度もマットをこすりつけるので、せれなの額には青筋が立った。

女は父の首根っこを掴《つか》んで器用に引きずり、廊下にあるドア数枚をどんどん開けては閉めていった。父をトイレに放り込むと、壁にずっと張りついていたせれなをすり抜けて、すべりがよくなったマットを再度土足で踏みしめた。するとカッと目を見開き、大きな手で口元を隠したかと思うと、その場で噴水のように勢いよく嘔吐した。幸い被害に遭ったのはせれなが履かない靴だけだった。

吐き出したものは当然処理してくれるはずだと思ったが、女は自分のコートで手と口を拭い、現状に一瞥《いちべつ》を投げてからアパートを後にしたのだった。

おかげでせれなは真夜中にマスクとゴム手袋を装着して二人分の嘔吐物を処理しながら、何度もえずく羽目になった。

翌日、スーパーで買い物を終えたせれながアパートの外階段を上っていると、得体の知れない甘ったるい匂いが漂ってきた。匂いは我が家に近づくにつれて強くなり、恐る恐る部屋に入ると父の靴とサイズの大きなハイヒールが並んでいた。

　昨夜の女は台所に立って、白い液体の入った鍋をかき混ぜていた。

「せれなちゃんおかえりー」

　食卓の椅子の背もたれの方を向いて座っていた父に迎えられた。訳がわからず父の顔を凝視して説明を求めたが「この人はベラさん。今日からこの家のお母さんだよ」と適当に紹介されただけだった。そんなことを言われても、一体誰がたやすく受け入れられるというのだろうか。

　コンロの火を止めたベラさんは、闘牛士を彷彿《ほうふつ》させる真っ赤なエプロンを脱いで、突然せれなを抱擁した。筋肉質な上半身に圧迫され、背中を二回叩かれ、恐怖でこわばった両頬にキスをされて唖然《あぜん》とするせれなに、彼女の国の挨拶だと父が笑顔で言った。

　ベラさんは冷蔵庫からボウルを取り出すと、白くてプルプルした物体を手際よく大皿に移し、温めていたミルクのような液体をこぼれそうなほどたっぷりかけた。完成品を見つめながら、思わず耳をすませたくなる重低音で「プリン」と紹介してくれた。

「わーいプリンだ。せれなちゃん好きでしょ？」

父ははしゃいでいたが、せれなの好物は昔も今もチョコレートのアイスクリームなのだ。しかし彼女の特製プリンはココナッツの独特の風味がして、意表を突くおいしさだった。

ベラさんは父の勤務先のイタリアンレストランから徒歩三十秒の場所にあるスナックで働いていたところを見初められた。老けて見えるのでわからなかったが、彼女は父より十二歳も年下で、中々人気のある接客係だったらしい。立派な体格に加えて父を床に叩きつける動作に年季が入っていたので、てっきりプロレスラーかと思っていた。

せれなにとってベラさんは最後まで謎めいた存在だったが、父も彼女の素性をほとんど知らなかった。「せれなちゃんも日本語教えてあげてね」と言いつけられていたが、ベラさんは異様に無口なだけで、こちらの言うことは理解していたのだ。彼女がブラジルで暮らす病気の母親に仕送りしていたという話も、本当ではなかったのかもしれない。

それでもベラさんはせれなの母親代わりになろうとしてくれた。耐用年数をとうに過ぎた家電を家畜のように手荒く扱うので気が休まらなかったが、自分の代わりに家事をこなしてくれたのは本当にありがたかった。しかし彼女もせれなと同じように、父に人生を狂わされた。

三人家族になって生活が安定するかと思いきや、父が再就職先をわずか八カ月で解雇された。せれなは飼い馴《な》らしていたはずの不安に呑《の》み込まれかけたが、ベラさんがいてくれたことが心強かったのか父は冷静で、すぐに工場の夜勤の仕事を探し出した。さらに、愛する女性に楽をさせてやりたいからと格好をつけて、昼間は近所の大衆食堂であくせく働き始めた。

父の頑張りはせっかくスナックを辞めて主婦業に専念してくれているベラさんとのすれ違いの原因となった。父の酒代とタバコ代が高くつくことにも不満を抱いた彼女は、結局ほかの仕事を見つけて働きに出た。そのことで二人はよく喧嘩になっていた。

せれなは忙しい大人たちを横目に、毎朝自分で起きて、誰の顔も見ることなく学校に行った。帰宅しても大抵一人だったので、宿題をしたり簡単な料理を二人分よりも少し多めに作って黙々と食べていた。寂しいとはあまり思わなかった。むしろ小学生にしてしみじみと静寂を満喫していたし、毎日のようにテレビが設置された居間を自分の領地にできてありがたかった。そんな生活を繰り返しているうちにせれなは十一歳となり、リアンと出会ったのだ。

忘れもしない一九九三年九月二日の午前一時。いつものように氷を舐《な》めながらテレビを観ていた。おもちゃ箱から星や音符が飛び出すあまり好きではない音楽番組のオープニングアニメーションが流れて、扇風機のコンセントを抜いてそろそろ寝ようと考えていた。それが終わると画面が真っ白になり「特集　リアン・ノートン」と水色のテロップが表示された。いつもと様子が違った。

「三十二歳でこの世を去った、伝説のロックスター」

いつもは甲高い声を出す番組のキャラクターが落ち着いた声音でナレーションを始めると、ピアノを弾きながら歌うリアン・ノートンの横顔をとらえたモノクロ写真が映し出された。

写真を見た瞬間、せれなの頭の中で鐘が鳴った。外から聞こえる教会の鐘でも除夜の鐘でもない、確かに頭のどこかから鳴り響いたのだ。何故このような珍しい現象が自分の中で起きたのかは説明できない。とにかくこの人をとても美しいと思った。絶対に画面から目を離してはいけないという脳からの指令も受け取った。

リアンが在籍していたのは「The Cups」というバンドで、彼はボーカルとピアノを担当していた。簡単なメンバー紹介も挟まれた。黒髪で東洋人のような顔立ちの男がギターのマックス・フーパー、どことなくリアンに顔が似ている茶髪の男がベースのジム・ノートン、金髪のアフロヘアの男がドラムのオリバー・ハミルトン。ほとんど覚えられなかった。

続いて一九七六年に撮られたライブ映像が流れて、ありがたいことに動くリアンを見ることができた。彼は細長い指で鍵盤を叩き、軽やかなのにどこか切ないメロディーを奏でた。せれなも鼻歌をうたえるくらい知っている曲だった。ナレーターによるとカップスの名刺代わりの曲で「さまよう恋心」という邦題が付けられているらしい。

以前国産車のCMソングとして使われていたが、字幕を見ると全く車のことを歌っていなかった。気になっている女友達が自慢のロングヘアをばっさり切ったことに戸惑いながらも、よく似合っているとほめる曲なのだ。キラキラとしていてかわいくて、その上かっこよかった。

せれなはこの曲をこんなにも美しい人が歌っていたという事実に感動した。それにピアノを優雅に弾きながら歌うリアンはびっくりするほど素敵だった。彼は喉から絞り出すように歌うわけでも、こぶしをしつこく利かせるわけでもなく、朗々と歌っていた。男性とは思えないほど声が高く、それでいて太かった。

しかし、リアンはファッションがおかしかった。このときのライブで彼が着用していたのはアメーバやミドリムシを連想させる柄のシャツで、貴族が着る服のように袖の部分が膨らんでいた。裾口が広がったジーンズは、ここへ来るまでに何かあったのかと心配になるほどビリビリに破れていた。凶器のようにつま先がとがった靴は派手な黄緑色だった。どれもこれも伯母が好んで着そうな奇抜なデザインだった。

サビの部分でコーラスが入るたびに、二本持っているように見せかけて実は一台になっている変な形のギターを弾く、名前を忘れた男が映された。彼がピンポイントで映されると左側にいるリアンが見えなくなるので邪魔だと思っていると、映像の途中なのにナレーターが「今でも彼は天国で歌い続けているはずです」とまとめて、邦楽のランキングのコーナーに変わってしまった。せれなはショックで息が止まった。録画をしていなかったことを悔やんだ。今度いつリアンを見られるかわからないと思うと悲しく、こんなことなら最初から番組を観なければよかったと絶望した。

すっかり目が冴《さ》えてしまったせれなは、麦茶を飲みながら適当にチャンネルを変えていた。すると大勢の記者に囲まれながら笑顔を見せるリアンが映り、コップをテーブルの上に置いて自分専用のテープを急いでビデオデッキに押し込んだ。後からわかったのだが没後十年という節目の年で、各局で彼の特集番組が組まれていたのだ。

一九七五年、カップスが初来日した際の記者会見の映像が流されていた。メンバーが横一列になり、額に入れたレコードを持って記念撮影をしていた。カメラのフラッシュのせいだろうか、せれなにはリアンから後光が射して見えた。彼はこのとき二十四歳で、上品な白のシルクのシャツに細身の白のパンツを合わせていた。王子様にしか見えない。胸元で輝く金色のネックレスも素敵だった。

リアンはマイクに向かって「あー。ニホンにぃ、こられてぇ、うれしいデス」とたどたどしい日本語で言った。それが初めて聞く話し声だった。歌っているときよりもずっと低くてハスキーだったので驚いた。口を開けて少し考えてから「カンゲイありがとう、ございまぁす」と続けて、照れ笑いを浮かべたのだった。

続いて記者会見の前後に受けたと思われるインタビューが流された。背景は一面ベージュのカーテンで、全員長い脚を組み横一列になって座っている。せれなはオリバー以外皆髪型が同じであることに気づいた。

黄色のセーターを着た女性インタビュアーがバンド名の由来を英語で尋ねると、メンバー間で視線を送り合い、リアンの隣に座っていたベースのジムが困った顔で質問に答えた。

「提案したのは僕だけど、思い浮かんだ単語を言っただけで深い意味はないんだ。まさか採用されるとは思わなかった」そして彼は下を向いて黙ってしまった。

「投げやりだったということは伝わったかな？」とリアンがインタビュアーに向かってほほえみを送ると、彼女はウフフフフと笑った。せれなも口元がゆるんだ。

次に日本食は召し上がりましたかと質問されると、リアンは「イエス。ジャパニーズフード、デリシャス」と親指を立てて言った。彼に続くようにほかの三人もヤキトリ、スキヤキ、オチャと片言の日本語で答えていった。リアンは日本食の中でもカレーライスがおいしいとほめた。インタビュアーがどこの店のカレーを食べたのかと聞くと、彼はせれなも知っているカレーライス専門チェーン店のことを話した。ツアー先の名古屋のホテル近辺を観光しているときに見つけたのだそうだ。そこのカレー屋は自分でルーの辛さを選べるのだが、リアンも挑戦してみたらしい。「2辛」が限界で、さじ加減がわからず適当に「5辛」を注文してしまった初訪問の日、あまりの辛さに咳き込みライスだけ食べて帰ったと笑った。再挑戦した際には、辛くないカレーをおいしく食べたそうだ。

イギリスのカレーとどちらがおいしいかという質問には、イギリスの食事は口に合わないから日本のカレーだと即答し「ああ、でも祖母が買ってきてくれるジャムは好きだった」とおどけた。その場にいる全員が声を出して笑った。せれなもなんとなく笑って、そして驚いた。昔の人間でその上イギリス人が、こんな風に冗談を言うなんて知らなかったのだ。

インタビューの後半はリアンばかり話して、脇を固める三人はほほえみながら時折頷《うなず》いていた。

一九七六年、カップスは再来日した。人気絶頂期だったようで、空港にはたくさんの女性ファンが待ち構えていた。彼らが姿を見せると彼女たちは狂喜乱舞し、英語でメッセージを書いたプラカードを放り投げ、好きなメンバーに摑みかかるように触ろうとした。サングラスをかけたリアンは、スタッフに守られながら駆け足で車に乗り込んでいった。

字幕によると時代はパンク・ロックブームで、リアンは黒のライダースに赤いパンツを合わせてワイルドに決めていた。紫色のセーターを着た先ほどと同じインタビュアーが「空港では大歓迎されていましたね」と話しかけた。

インタビュアーのそばに座っていたジムは深く頷いて「ある女性に靴を見せてほしいと言われて渡したらそのまま持ち去られた」と笑いをこらえながら言った。オリバーは綿菓子のような頭を揺らして「髪を引っ張られてね、もう少しでスキンヘッドになるところだった」と皆を笑わせた。

インタビュアーは大笑いしているリアンに向かって「東京のライブでは一曲目のピアノソロを間違われたそうですね」と斬り込んだ。彼は自分のおでこを叩いて「イタタタ！　いきなりその話はやめてくれ。まだ傷が癒えていないんだ」と表情を崩した。「ひょっとするとスランプに陥っていらっしゃるのでしょうか？」とやけに攻めた質問を投げかけたが、リアンはかつてないほど充実した音楽人生を送っているとスマートに応対した。

するとジムがリアンを指差して「結婚して私生活も充実している」とうれしそうに言った。「美人女優とな」とマックスが初めて話し、オリバーが「子どもも生まれた。展開が早いな」と言うと全員が笑った。リアンが「今年中に死ぬかも」とこぼすと、皆さらに笑った。

リアンは鼻を触りながら照れていた。八重歯まで見せて、とても幸せそうだった。彼は既婚者だったのだ。せれなはとても祝福などできず、一人取り残されたような気分だったが、リアンの照れた顔を見ると全身が熱くなり、扇風機の風量を強めた。

照れるのをやめたリアンは咳払いをして「とにかく僕が弾いて僕が歌っている

んだから誰のせいにもできないよ。ファンの方々をがっかりさせて申し訳なかった」と謝罪した。「学生くらいの若い世代の子も多いから、頑張ってお金を貯めてライブを観に来てくれているのにね」と続けて、ゴメンナサイと日本語で小さく謝った。のちにせれなはこのシーンを百回以上再生することになる。「二度とあんな失敗はしない」と決意を表明すると「ぶざまな記事を載せられないためにもな」とマックスが口を挟んだ。リアンは顔をしかめたが、すぐにニコリと笑った。

インタビュー映像が終わると、突然リアンの葬式が始まったので言葉を失った。心臓に悪い編集だった。

彼が眠る墓の前で、老婦人に支えられながら鼻水を垂らして泣き叫ぶ女が映された。せれなにとって永遠の天敵の一人となる、リアンの妻だったパトリシアだ。近くにはドロシーという名の人形のように愛らしい娘もいた。リアンが亡くなったとき、ドロシーはまだ六歳だったらしい。彼が何故亡くなったのかは説明されなかった。

続いてマックス、ジム、オリバーが黒い部屋で一人ずつインタビューに答える映像になった。

近年撮影されたものらしいが、マックスの見た目は一九七〇年代とほとんど変化がなかった。彼の表情に明るさはなく「リアンは本当にいいやつだったよ。活動中は色々あったけどね。一緒に歳《とし》をとれなかったのは残念だ」とコメントした。「リアンの分まで音楽を続けることが僕に残された使命だ」感情が高ぶったのか、後半は涙ぐみながら語っていた。

ジムはまだ四十代らしいのに、六十代に見えるほど老け込んでいた。彼はすでに引退してバンド活動には一切関わっていないそうだ。「何もカップスは偉大なバンドではない。音楽に特権階級のような隔たりはないからね。リアンも同じだ。ただあいつは永遠になってしまった」と言葉を選びながらぽつりぽつりと語った。最後に「思うに、死というのは乗り越えられるものではない。ゆっくりと受け入れていくしかないんじゃないかな」と言った。

オリバーは髪型こそ若い頃と同じだったが、肥えて様変わりしていた。「薬物の使用はプライベートな事柄として扱っていたからね。あんなものを使わなかったらリアンは今でも健康で長生きしていただろうけど、有名になれていたかどうかはわからないよ」と淡々と語った。「でも、何かに頼らなくてもいい曲は作れる」と前向きなことを言ったかと思うと、突然リアンへの哀悼の意を込めて作ったという曲をサビだけ熱唱した。その曲が収録されているソロアルバムもちゃっかり宣伝して「スーパースターは君たちだ」と締めくくった。

せれなが先ほどのゴメンナサイを繰り返し観ていると電話が鳴った。こんな時間にかけてくる相手はベラさんと決まっていたので、仕方なく立ち上がって台所に向かった。

ベラさんはもうすぐ帰るけど夕飯はちゃんと食べたかと尋ねた。せれなは茹でた焼きそば麵に缶詰のミートソースをかけて食べたと答えた。ベラさんは何も言わずに電話を切った。推測だが電話口で頷いているのだ。居間に戻ったせれなは、また同じ場面を再生した。

玄関の鍵を開ける音がした。驚いて時計を確認すると五時を回っていた。てっきりベラさんかと思っていたら、疲れ果てた父だったのですぐさまテレビを消した。無言で応対したが、父は「何でこんな時間まで起きてるの？」と眉間にシワを寄せた。せれなは早起きしたのだと答えた。

脱いだ仕事着をハンガーにかけてカーテンレールに吊るしながら「ダメでしょ小学生なんだからこんな時間まで起きてたら。いつまで夏休み気分なの？」と文句を言い、洗面所に消えていった。手洗いとうがいをして戻ってくると「夜更かししてたら背がのびないよ。だから五年生になってもちっちゃいままなんだよせれなちゃんは」と説教を続けた。全くもうとぶつぶつ言ってドアチェーンをかけてしまった。父の手をじっと見ていると、不機嫌そうな顔でもう寝なさいと念を押された。

せれなはベラさんが帰ってくることを話そうと思ってやめた。父が寝室に入った隙にこっそりドアチェーンを外した。彼女のことを慮《おもんぱか》るついでに、パスタ用の粉チーズとフォークを食卓に置いておいた。

ビデオテープを持って自室に戻り、布団に潜り込んだ。

「リアン・ノートン」

呪文を唱えるように呟くと、体が風船のように膨らみ、小鳥と一緒に青空を飛べそうなほどの幸福感に包まれた。同時に小鳥にくちばしで風船を割られ、真っ逆さまに墜落するような切なさも込み上げてきて、今にも気が狂いそうだった。愛は苦しいものなのだろう。だが水を得た魚のように気分がいい。心臓も金色に輝き出しているはずだ。

せれなは心底彼の恋人になりたいと思った。

スター稼業に疲れたリアンが、癒しを求めて石垣島《いしがきじま》かどこかでバカンスを満喫しているとする。彼は泳がず、白いシャツにハーフパンツ姿で、砂浜で一人ぼんやりと海を眺めるだろう。

そこに現れるのが水着姿のせれなだ。髪を風になびかせながら近づき、リアンのすぐそばに座る。せれながリアンを一目見て恋に落ちたように、彼もすでにせれなを愛してくれていることが、潤んだ瞳を見ればわかるはずだ。

「一人?」リアンの日本語は数回の来日を経てずいぶんと上達しているだろう。

「ええ」あえてリアンの方は見ずにしゃべる。

「かわいい水着だね」四歳の頃に買ってもらった、赤と白の水玉模様の水着だ。

本当なら入らない。

「ありがとう。あなたのシャツも素敵よ」

リアンは少し照れた様子で「センキュー」と言ってくれる。

「君の名前は？」

定番の質問をされると「まだ教えてなかったわね」と、ランドセルがお似合いの小学生とは思えないほどの芝居がかった調子で答える。

「私の名前はせれなよ、正木《まさき》せれな」

「セレナ……」彼はきっと甘い声で名を呼んでくれるだろう。潮騒《しおさい》の音に耳をすませながら、やがて二人は手を取り合う。リアンはせれなにこう言うはずだ。

「君の前ではただの一人の男になれる」と。

そんなことを思い描いているうちに、リアンも海も砂浜もモヤがかかったようにぼんやりしてきた。睡魔に襲われたのだ。一度目を見開くと、本当に起きなければならない時間になっていた。

学校から帰ったせれなは、全財産三千九百円を慎重に財布の中に入れた。メタリックなシルバーのポシェットをななめ掛けにして、自転車を走らせ百貨店に向かった。目的はCDショップと本屋だ。

まずはCDショップに来たものの「The Cups」のCDが「か行」にあるのか「さ行」にあるのかわからず、さ行から見ていったがか行にあった。

CDは三枚の在庫があった。真っ先に惹かれたのが面陳列されていたアルバムだ。三段重ねのトレーの上にサンドウィッチやケーキが載せられた、おいしそうなジャケットだった。帯には「グレイテスト・ヒッツ」と書かれており、未発表曲なども含めて全三十二曲が収録されているらしい。お買い得ではあったが、せれなには買えないくらい高かった。

もう一枚の黒色のアルバムの帯には「英国の驚異的バンドのベスト・コレクション」と書かれていた。しかし二枚を見比べてみると同じ曲ばかりセレクトされていたので頭が混乱した。迷いに迷った末「カップス初期の最高傑作」と宣伝された「オニオン」という一番安いアルバムを購入することにした。鮮やかなグリーンに、傾いた小さな玉ねぎの絵が描かれたかわいらしいジャケットだ。「さまよう恋心」も収録されていた。

続いて本屋の雑誌コーナーに行くと、リアンが表紙を飾った音楽雑誌が平積みされていた。せれなは百人中百人にかっこいいと言われるに違いないリアンの顔を指でなぞった。彼は西洋人らしい彫りの深い顔立ちで、雪のように白い肌をしている。澄んだ茶色の瞳はせれなの目よりもずっと大きい。二重まぶたでまつ毛も長い。髪はチョコレート色で、ふんわりと肩まで伸びていた。

雑誌を開くとタバコをくわえて白いギターを弾くリアンが目に飛び込んできた。あまりのかっこよさに「わお」と声が出た。近くに人はいなかった。ピアノが弾けるだけでも素敵なのにギターまで弾きこなすのなら、あのギタリストの人はいなくても大丈夫だったのではないかと思ってしまった。ページをめくると優雅にピアノを弾くリアン、鏡張りの床にしゃがんでポーズをとるリアン、ダブルピースをしてくしゃっと笑うお茶目なリアン、紙コップから何かを飲んでいるリアン、流し目、お宝ショットが満載だった。

インタビュー記事は「鍵盤と弦さえあれば、僕は退屈することはないだろう」というリアンの発言が見出しになっていた。一九七五年と七六年に取材されたものので、「さまよう恋心」に登場する女性は想像上の人物であること、基本的に曲の解説をするのは好きではないこと、作曲中は卵の中にいるような感覚になること、自分の住む街でライブをやったら殺すと脅迫状が届いて怖かったことなどが八ページにわたって書かれていた。日本の文化にも興味を持っていたらしく、うれしくなった。インタビューをしたライターの男性は、リアンは多くのスターがそうであるように謙虚で礼儀正しく、頭の回転が速く発言がウィットに富んでおり、非常にシャイでキュートな青年だったとあとがきで絶賛していた。

カップスの四人が揃った写真もたくさん掲載されていた。ほとんどが日本各地で開催されたライブのステージ写真だったが、電話ボックスの前でポーズを決めたり、雪玉を投げ合ってはしゃいだり、ソファでリラックスしているほほえましいショットもあった。しかし、暖炉の前に立った三人が満面の笑みを浮かべてうさぎを抱き、何故かオリバーだけ真顔で子ヤギを抱いている不思議な写真もあった。

もちろんほかのメンバーを紹介するページもあった。「ギターのマックスはヒット曲を連発したメロディーメーカーで、型にはまらない独自の世界観を持っている。普段はシャイ」「抜群の安定感でバンドの土台を築くのがベースのジム。

リアンの兄で常に冷静沈着」「最年少のオリバーはバンドのムードメーカー的存在。後期に作曲の才能を開花させファンを獲得。マリンバもたしなむ」一応目を通したが、せれなの頭にはジムがリアンの兄という情報しか入ってこなかった。雑誌は五百四十円で、ウインクをして紅茶を飲むチャーミングなリアンのポスターがついていた。

家に帰ってさっそくアルバムを全曲聴いてみた。「さまよう恋心」以外は知らない曲だったが「マリーゴールド」というバラードが美しく、せれなのお気に入りになった。

ポスターは勉強机の一番広い引き出しに敷き詰めて、毎日見られるようにした。

リアンのことがもっと知りたくて、数日後せれなは学校の図書室でカップス関連の書籍を探した。

期待はしていなかったのだが、楽譜のコーナーに『リアン・ノートン』というタイトルの彼の伝記本が一冊所蔵されていた。奇跡が舞い降りたと感激して手に取ったが、五百七十六ページもあったので少し暗い気持ちになった。しかし随所に写真が挿入されている。冒頭のリアンの幼少期の写真は天使そのものだった。

家でじっくり読もうと思ったが、表紙のリアンが上半身裸で毛皮のコートを羽織り、やや挑発的な表情を浮かべていたので、同じクラスの図書委員の女子に貸出手続きをしてもらうのがためらわれた。あきらめてテーブルの端の席に座って読むことにした。


一九五一年二月五日、イングランド北西部の都市マンチェスターでリアンは生を享《う》けた。

労働者階級出身で、父親は塗装工として一家を養いながら趣味の絵を描いていた。しかしリアンが物心ついた頃には職にあぶれており、働く時間よりも家にこもってキャンバスに向かう時間の方が長かったという。酒を飲むと家族に対して暴力的になった。

主婦をしていた母親は、地元でも評判の美人だった。花柄のドレスを着て上手に化粧をした彼女が男性から視線を注がれるたびに、嫉妬深い父親は怒り狂った。リアンいわく夫婦の間に喧嘩はほとんどなかった。彼の父はいつも妻を一方的に怒鳴りつけて、家の中に閉じ込めていたそうだ。

夫の束縛と貧しさに耐えかねた母は、リアンが六歳のときに何の前触れもなく姿を消した。たとえ知らない男が一緒でも母について行きたかったリアンは、彼女がその選択の余地さえ与えなかったことで、心に深い傷を受けた。「大体バンドをやるようなヤツって崩壊家庭育ちが多いんだ。両親共に働いていなくて、学校に行かせてもらえないヤツが珍しくなかった」というのが彼の持論だ。

ここまで読んでせれなはリアンにシンパシーを感じた。自分たちが出会ったのは運命かもしれないとまで思った。

そんな彼の「暗黒時代」を支えたのが、父方の祖母だった。彼女は幼い孫を猫かわいがりすることはなかった。しつけも厳しかったが、一家の衣食住を保障するため父に代わって製粉工場で懸命に働いてくれたそうだ。リアンにとっては祖母が母親代わりで、最も尊敬している人だ。ミドルネームのリアンというのは彼女の名前で「別に女性と間違われたくて名乗ってるんじゃない。ファーストネームよりも気に入っているんだ」と言っている。ファーストネームは父親と同じ名前だ。トーマスと呼ぶと彼はすごく怒ると書かれている。

リアンを支えたもう一つの存在が音楽だった。祖母と兄が不在の間、彼は家でずっとラジオから流れる音楽を聴き、なかでもロックに魅了されていった。ほどなくして神の啓示により、プロのミュージシャンになることを決意したらしい。七歳のときだった。

そのために彼はどうしてもグランドピアノが欲しかった。自分の家が裕福ではないことは重々承知していたが、祖母の機嫌がいいときに真剣にねだった。学校から帰ったらすぐに宿題をやる、全員分の夕飯の後片付けを毎日する、好物のチョコレートを我慢することを条件に出された。ストイックにこなしていると半年後に立派なピアノを買ってもらった。中古のエレキギターもついてきて、彼は飛び上がるほど喜んだそうだ。

初めてバンドを結成したのは十二歳のときで、当時はギターと作曲を担当していた。次第にリアンのレベルについていける者がいなくなり、二年ほどで解散した。バンド活動は彼にとってはすでに生業だったが、仲間たちにとっては単なる楽しみに過ぎなかったのだ。

同世代の者たちとの活動はあきらめて、年上のバンドマンの仲間に入れてもらうことにした。ライブハウスに足しげく通い、手当たり次第にバンドのオーディションを受けるが、シャイな彼はここぞというときに本領を発揮できず落ちてばかりだった。いつでもソロシンガーになれるように、歌の練習もずっとおこなっていた。

リアンは音楽活動に没頭するあまり傍目《はため》には異世界の住人のように映ったが、祖母の必死の説得によってどうにか高校を卒業した。兄のジムも優等生ではなかった。

ジム・ノートンは一九四七年七月七日に生まれた。リアンより四歳年上だ。子どもの頃から精神が安定していた彼は、家庭環境からさほど悪影響を受けず元気にサッカー選手を目指していた。学校から帰ると宿題もやらずサッカーの練習に出かけて、教育熱心な祖母によく尻を叩かれていたらしい。

十五歳のときに交通事故で右足首を骨折し、本格的に音楽にのめり込むようになった。交友関係が広い彼は借り物のギターとベースを見よう見まねで練習し、複数のバンドを組んで日々忙しく活動した。自らがステージに立つことで、ようやくそれまで家で当たり前のように聴いていたリアンの演奏力と歌唱力が並外れて高いことに気づいたという。ただ、ジムもリアンも兄弟でバンドを組むことに抵抗があり、気まぐれにセッションする程度だった。

高校卒業後は車の整備士として働きながらバンドを続け、二十歳のときにベース一筋になった。周りがギタリストばかりだったのに加えて、ベーシストの資質があるとリアンからも言われたのだ。

長年活動していたバンドが空中分解した二十一歳のときに、ついにリアンとデュオを組んだ。弟の勧めで仕事を辞めると祖母から勘当され、豚小屋のようなアパートに引っ越すことになった。恋人にもふられた。「これで兄さんも後戻りできなくなったね」とリアンに笑顔で言われたときは戦慄が走ったそうだ。

無職の兄と高校生の弟は一番安いスタジオを借りて練習していたが、速やかに無一文となった。友人宅の地下室や朽ち果てた教会、大学の講堂などに機材を持ち込んで練習と作曲に明け暮れた。各所で苦情が殺到して廃墟《はいきょ》と化した工場に拠点を移すと、ドラムを叩く先客がいた。それがオリバー・ハミルトンだった。

一九五二年三月十日生まれのオリバーは、リアンよりも一歳年下だ。マンチェスター市内で理髪店を営む両親の下に生まれ、歳の離れた姉が二人いる。本人いわく生活自体はつつましかったが、たっぷり愛情を注がれて育ったそうだ。

父親のレコードを聴いて育ったオリバーは幼いうちから音楽に関心を示し、姉がギターを教えようとしたが「マジになれない」と早々に断念した。当時彼がマジになっていたのは嫌いな大人が住んでいる家の窓ガラスに石を投げつけて割ることだった。

週に一度という高頻度で反社会的行動を起こす八歳の息子の将来を案じた父親が与えたのが、店の常連客から譲り受けたドラムセットだった。この出会いがオリバーの人生を変えた。多少乱暴に扱っても怒られないドラムと彼の相性は抜群で、独学で練習に打ち込んだがその情熱は成績に悪影響を及ぼした。元々勉強が嫌いだった彼は迷いなく高校を中退し、店の手伝いをしながらスタジオミュージシャンを目指すことにした。

オリバーが十六歳のとき、二番目の姉が子どもを産んだ直後に離婚して帰ってきた。家に赤ん坊がいては爆音を出せるはずもなく、友人宅のガレージや大学の講堂などを利用したが苦情が殺到し、最終的には地元の心霊スポットとして有名な工場廃墟に落ち着いた。そこで出会ったのがノートン兄弟だったのだ。

オリバーは少年時代から身長が二メートル近くあり、かなり筋肉質だった。金色に光り輝くアフロヘアを揺らしながら超絶的なテクニックでドラムを叩く姿に、ノートン兄弟は目を奪われた。オリバーは自分の練習場に足を踏み入れた二人を邪険にせず「君たちも音楽を?」と気さくに話しかけた。好きな音楽が共通していた三人はすぐに意気投合。オリバーはリアンが書いた曲と声を気に入り、セッションも息ぴったりだった。その日のうちにバンド名を「The Cups」に決めて、デモテープを制作した。

スタジオミュージシャン志望だったオリバーがカップス結成に同意したのは、音楽面以上に二人の人柄が気に入ったかららしい。「ジムは知っての通り常識人だし、リアンは優しいところがある。昔リアンと年上のバンドマンの家に行ったとき、ガールフレンドを紹介してもらったんだけど、僕らが見ている前でそのバンドマンが突然彼女を殴り始めたんだ。僕はびっくりして固まっていただけだったけど、リアンはすぐ止めに入った。その後一晩中彼女の話を聞いてあげていたみたいだよ」と語っている。

こうしてカップスは始動し、リアンが高校を卒業すると同時に活動の拠点をロンドンに移した。リアンの理想のサウンドを作るためにはギタリストが必要だったのだ。

マックス・フーパーは一九四七年二月十八日生まれで、ジムと同じ歳だ。労働者階級出身のメンバーの中でただ一人裕福な家庭で育ち、大学も卒業している。十五歳のときにアメリカのジャズ・ギタリストに憧れてギターを始めたが、時代の潮流に乗ってロックにのめり込み、地元ロンドンのバンドを転々としていた。二十二歳のとき、友人と観に行ったライブでカップスと出会った彼は激しく心を揺さぶられた。その後アルバイト先の楽器店にギタリストのオーディションの張り紙を持ってやってきたリアンに運命を感じ、思いきって声をかけて友人になった。

カップスはギタリストに縁がなく、マックスは六人目のギタリストだった。彼はコミュニケーション能力が乏しく、三人目がやめて四人目が加入してもすぐにやめ、ようやく見つけた五人目もそりが合わないとリアンから相談されても、中々自分を売り込めなかった。そんなマックスのもどかしさを察知したリアンは、いよいよセッションを持ちかけた。マックスの手は震えていたし、オリバーのようにぴったりとは言えなかったらしいが、リアンは彼に光るものを見出した。

ジムとオリバーが「将来確実に化けるギタリストを発掘した」とリアンに連れられて観に行ったのが、マックスが大学の同級生と組んでいたバンドのライブだった。彼のバンドは客の入りが悪く、ジムとオリバーも初見ではその音楽性にも技術力にも魅せられることはなかった。十点満点中ゼロ点、百点満点なら六点の出来だと思ったらしい。

マックスとオリバーの間には確執があるとされている。大金が欲しくなったときにバンドを再結成しているものの、基本的にはマスコミを通して互いの音楽性や人間性を批判しているからだ。マックスは「何故彼にあそこまで嫌われているのかわからない」と発言しているが、オリバーいわく彼の第一印象が最悪だったらしい。

なんでもライブ終演後当時の恋人の浮気を知ったマックスが、自分たちの目の前で相手の男に制裁を加えるつもりが、逆に完膚なきまでに叩きのめされてしまったことが要因となっているそうだ。初めての肉弾戦だったとはいえまるで歯が立たなかったマックスを見て、オリバーはこんな情けないやつをバンドに引き入れるのは嫌だとリアンに抗議した。しかしリアンの決意は固く、マックスは結局オーディションも受けずカップスに加入した。絶望したオリバーは酒に溺れて意識を失い、いつのまにか目の周りが真っ黒な見知らぬ女性とバスタブの中にいた。

あまり歓迎されなかったマックスだったが、家が裕福な彼は、学生という身分で飢えたリアンたちに気前よく飯をおごった。自分のバンを持っていた。古着屋で各自にステージ衣装を買ってくれた。スタジオを借りたり機材を購入するための資金調達もお手の物で、あっというまにかけがえのない存在となった。「俺のことは神と呼べ」が口癖の老人と一軒家に住まざるを得なかった当時の三人にとって、マックスこそが神様だった。金を持っていることも彼の強みと言えた。

マックスが加入してから、カップスは二週間で十曲もの新曲を作り上げた。あてもないこうでもないと忌憚《きたん》なく意見を出し合い、互いのアイデアを賞賛したりけなしたりした。

次にデモテープを制作するため、丸一カ月四人は二時間の睡眠時間以外を練習に充てた。酒も我慢した。マックスの知り合いのエンジニアの下で入念にレコーディングをおこない、全員が手ごたえを感じた。リアンは完成したデモテープを握りしめて幸せそうに眠りについたという。

イギリス中のレコード会社にデモテープを送りつけたがどこからも返事はなく、マックス以外の三人は肉体労働の現場に復帰した。その間も新曲は書き続けていた。半年後レコーディングに同席していたプロデューサーから連絡を受けて、小さいながらも実績のあるバンドが所属するレコード会社と契約することになった。喜びのあまり四人は重役に向かって「あなたは耳のいい男だ」と言った。

ファーストアルバムを発売後、リアンは好きなラジオ番組にカップスの曲をリクエストして「僕らの曲がラジオから流れるよ！」と三人に電話をかけた。まもなく今をときめくバンドの前座としてツアーに参加し、有益な経験をした。この頃には飲酒も解禁していた。

二枚目のアルバム制作時に、当時のマネージャーからシングル曲発表の話を持ちかけられるが、そのためにはもっと歌詞にこだわるべきだと助言された。ほとんどの曲の作詞を担当していたのはリアンだったが、曲さえよければ歌詞は何でもいいと思っていた。その後数々の不幸に見舞われるまでは、彼の詞に感嘆する者は一人もいなかった。

ここまで読んで目がかすんできたせれなは本を閉じ、表紙を隠しながら運んで棚にそっと戻した。委員の女子に控えめに手を振ってから図書室を後にした。

帰宅するとベラさんが妊娠していることを知らされた。三人で暮らし始めて半年、今でさえ生活に余裕がないのに、父は「家族が増えるよ」と笑顔で報告してきた。

翌日の放課後、体調が優れないベラさんに代わって買い出しに行かなければならないせれなは、十五分だけ読書の時間をとることにした。

分厚いので昨日どこまで読んだのか思い出せなかった。目次を確認すると前半部分の「リアンの喪失　最愛の恋人と祖母の死」という見出しが目に入り、百二十一ページを広げた。

リアンには学生時代から交際するアリサ・アストンという名の恋人がいた。テニスと裁縫が得意な快活な女性で、彼にとって初めての恋人だった。

アリサのわし鼻、言うことを聞かない黒色のカーリーヘア、そしてよく笑うところが好きだったそうだ。遊牧民のようにバンで大学を回りライブをしていたとき、ほかの三人は近づいてくる女性にうつつを抜かしていたらしいが、リアンだけは彼女一筋だったという。

アリサはリアンの生活を支えるために、大学に進学せずロンドンで仕事を見つけて働いた。彼女の妊娠が発覚したとき、十九歳のリアンは金にもならないバンドを組んでいた。夢と現実の狭間で揺れた彼は、日中建築現場で働き、夜は行きつけのバーに頼み込んでピアノを弾くことにした。

妊娠三カ月目に入った彼女は、ある日家の近所でオートバイに撥《は》ねられ急逝した。お腹が目立たないうちに小さな教会で結婚式を挙げようと話し合い、リアンが寝る間も惜しんで金を貯めている矢先に起きた。

彼女が亡くなった後、リアンは有り金をはたいて全員分の楽器を新調し、「マリーゴールド」を作った。これまでリアンが書く詞に難色を示していたマネージャーも、新たに提供された繊細で胸に迫る歌詞と叙情的なメロディーに金の匂いを嗅ぎとった。リアンをおだてて「彼女が亡くなったことは無駄じゃない。君を絶望の淵《ふち》に立たせて表現者として進化させたと思えば、ある意味では功績とも言えるよ」と言った。

リアンは間髪をいれずにマネージャーの鼻を殴った。すかさずジムが制したらしいが、当時のことを「リアンは殺意に満ちた目で彼を睨んでいて、もうここにはいられないと思った」と振り返っている。マネージャーとして辣腕を振るった男でも道徳観の違いは無視できず、カップスはレコード会社との契約を解除した。誰もリアンを責めなかった。

恐怖は散々味わった　でも涙は出なかった

　　僕の仕事はもう済んだみたいだ
　　君は困るだろうけど　理屈じゃどうにもならない
　　君への愛はどこにも漏らさない　僕が統括する

　本には丁寧に「マリーゴールド」の訳詞の抜粋も掲載されており、せれなはこのページに刃を突き立てたい衝動に駆られた。

　リアンの不運はこれで終わりではなかった。わずか二カ月後に敬愛する祖母を肺炎で亡くした。まだ六十四歳だった。スターになったらおばあちゃんが一人で住む豪邸を建ててあげると、ジムと一緒に大きなことを言って家を飛び出したのに、全く孝行できなかった。忙しくて顔を見せに行くどころか、電話すらしなかった。
　リアンは見ていられないほど憔悴《しょうすい》しきっていたらしいが、泉のように湧き上がる創作意欲にすがったのだろう。彼の世界観を象徴するようなメロディーがいくつも生み出されたそうだ。

次の日の放課後も、せれなは急ぎ足で図書室へ向かった。目次を確認していると「亀裂」というワードが目に入ったが、先に「成功」と「栄光」をざっと読んでみることにした。

一九七一年に発売されたセカンドアルバムの「オニオン」は、イギリスのアルバムチャートで首位を獲得した。アメリカでも話題となり、翌年カップスは多数のミュージシャンが出演した長寿番組にゲストとして迎えられた。初のアメリカツアーでは大成功を収め、「オニオン」は七百万枚のセールスを記録したという。一九七三年に発表されたサードアルバムは、全世界で二千五百万枚以上売り上げた。日本で存在を知られるようになったのは一九七四年頃だ。人気の男性アイドル歌手が「さまよう恋心」をカバーしたことで、元々シングルカットされていたこの曲が飛ぶように売れた。その後二年連続で来日し、女性ファンから熱烈に歓迎された。ところが宿泊先のホテルにまで押しかけられ、この頃からファンの狂乱に付き合うことにうんざりしていたらしい。

そして一九七七年に二枚組のアルバムを制作する頃には、彼らの関係は修復不可能になっていた。全員結婚して家庭を持ち、一緒に出歩くこともなくなった。ジムは「金と家庭を持ったら各自で生きていけるようになるから、気持ちの共有をしなくなる」と言い、それがメンバー間のすれ違いの最大の要因となったと分析している。

デビュー前から度々主導権争いは勃発していたものの、まだ民主主義のバンドと言えたらしい。売れてからはリアンがカップスのプロデューサーとなった。「バンド名をリアンとその仲間たちに変えた方がいいんじゃないか」とオリバーが皮肉を言うほど、彼が全てを牛耳っていた。

マックスはメンバーの誰かがヘアスタイルを変えただけで殴りたくなるほどのストレスを抱えていたらしい。「彼らも僕と同じ気持ちであることが、バンド内に漂う空気でわかったよ」と疲れた様子で語ったそうだ。

対して、リアンだけはメンバーのことを運命共同体と位置づけていた。彼の喧嘩相手はもっぱらマックスだった。残りの二人を事なかれ主義と評し、自分が始末に負えないほど怒っているときでも突っかかってくるマックスのことが一番嫌いだったが好きでもあったらしい。オリバーによると二人は気質が似ており、常にカメラを意識して半目の写真を許さない点も共通していたというのだ。

あるときバイオリンを衝動買いしたリアンは、マックスに二週間以内にマスターするよう要求した。不器用なマックスはべそをかきながら寝る間も惜しんで特訓に励み、約束の日彼の前で腕前を披露した。その頃リアンはソロ活動のことで頭がいっぱいだった。マックスにバイオリンを押しつけたことなどすっかり忘れて「え？　オーケストラにでも入るの？」と質問。マックスは怒りを爆発させたが「その後ちゃんと謝ってくれたけどね」と語っている。

図書室を出て行く際、委員の女子から「そんなに好きな本なら借りたらいいのに」と声をかけられた。分厚くてランドセルに入らないからとごまかして去った。

土曜日、授業を終えたせれなは空腹を我慢して、知ったら絶対に傷つくことが書かれていそうな「女優との恋、そして結婚」のページを広げて読み始めた。

リアンの妻パトリシア・ロボはイギリスの女優で、彼より四歳年上だ。

ポルトガルで生まれ、女優を目指してイギリスの演劇学校に通いながら、ファッションモデルとして細々と活動していた。

毛虫にしか見えないまつ毛が覆いかぶさった吊り目に、ぽってりとした大きな唇、その下にチャームポイントのほくろがある。せれなは美人と言うよりも華やかな顔立ちだと思った。そしてリアンを魅了したらしい豊かな金髪と、砂時計のようなシルエットが憎らしかった。

パトリシアは二十四歳のときにイギリスで人気の探偵ドラマに出演し、一躍有名人となった。彼女の役柄は主人公である探偵のビジネスパートナーで、美貌と高い演技力はもちろん、即興の演技が多い主演俳優に対応できる胆力が重宝されたと言われている。

一九七六年、パトリシアは著名なミュージシャンが集まるバーで、知り合いのバンドマンからリアンを紹介してもらった。彼女はカップスのファンで、せれなと同じようにリアンを一目見ただけで恋に落ちた。リアンもパトリシアが出演するドラマを毎週欠かさず観ており、台詞を覚えて周囲の人々に披露するほどのファンだったという。

二人を引き合わせたバンドマンは「リアンは一人じゃパティに声もかけられなかったんだ。彼女と話すときもずっと緊張していて、僕のグラスから酒を飲んでいたくらいだよ。あのときのリアンは、美人教師に憧れるうぶな少年みたいだった」と誇らしげに語っている。

パトリシアは少女時代胸が大きいことがコンプレックスで目立たせないために太っていたこと、撮影前は未だに緊張してウォッカを飲んで挑んでいることなどを、おもしろおかしくリアンたちに語り聞かせた。聡明《そうめい》で座持ちがうまく、決して人の悪口は言わなかった。

リアンはこれほどカリスマ性がある女性に出会ったことがないと感じていた。本来自分は内向的な人間で、成功したのは運がよかったからだ。彼女の恋の相手にはふさわしくないと身を引こうとしたそのとき「有名になるとまともでいられなくなるわよね」とパトリシアが弱音を吐いた。高嶺《たかね》の花だと思っていた彼女のこの発言に、完全にノックアウトされたらしい。

リアンは明け方彼女に電話をかけて、デートの約束を取りつけた。それから二人は毎日のように電話をするようになった。「僕は長髪にしてカッコつけてるけど、今一番の悩みの種は君なんだ」と気持ちを伝えたリアンを、パトリシアは最高にキュートだと思った。

二人は出会ってから十日ほどで交際をスタートさせた。発覚した当初、大物美形カップルが誕生したとイギリス中で騒がれた。三カ月後二人は結婚し、そのわずか一週間後にパトリシアの妊娠が発表された。妊娠二カ月だった。

新婚のリアンは「彼女と結婚できたときは、本当にホッとしたよ。ああ、これでやっと恋愛のことを考えなくて済む、仕事に集中できるぞって！」と興奮しながら語っていたらしい。


せれなは早急にセクシーな女にならなければいけない気がして、急いで帰宅した。引っ越しの際に処分しきれなかった母の私物を戸棚の中に保管していた。化粧道具だけは腐るほど持っていたので、きっと使いかけの口紅や頬紅が残されているはずだと必死に探したが、ベラさんがそこにあった物なら父が全て捨てたと教えてくれた。ベラさんは化粧をしない。キャベツたっぷりのあんかけ焼きそばを作ってくれた。近頃無言で首から下を見つめられることが増えた。

食後、自転車を走らせて近所のショッピングセンターの化粧品売り場に行った。四百円しか持っておらず、ファンデーションやマスカラをぼんやり眺めていると、いかにもパトリシアが毎日塗っていそうな真っ赤な口紅を発見した。七百円もした。せれなの唇は薄い。彼女のぽってりとした赤い唇がリアンを虜《とりこ》にしたのかと思うと、ドロドロとした嫌な感情に包まれた。当然キスもしたのだろう何回も。せれなが知らないところで二人は出会い、恋に落ち、あっというまに子どもができて結婚したのだ。

口紅のコーナーはレジカウンターから死角になっている。ちょうど店員も老婦人の接客をしておりせれなのことを気にしていない。口紅をそっと手に取り、ポシェットに放り込んでファスナーを閉めると「セレナ」と呼ぶリアンの声が聞こえてきた。とっさに天井を見上げるともう一度呼ばれた。「セレナ」彼の声は頭の中から聞こえている。

「君にもっと似合う色の口紅を知っているよ」

なんということだろうか。天国にいるはずのリアンに万引きの瞬間を見られていたのだ。弁解不可能な状況に、せれなは汗を流すしかなかった。

「僕についておいで」せれなは口紅を棚に戻し、ひょろひょろ歩きながら化粧品売り場を後にした。「エスカレーターで三階まで行って。着いたらまっすぐ進んで、そう。角を左に曲がってごらん」リアンのガイドははっきりと聞こえたし、わかりやすかった。

彼が導いてくれた先では、日用品の売り尽くしセールが開催されていた。ワゴンの中は先客に漁《あさ》られてゴチャゴチャだったが、せれなが求めていた化粧道具が一律百三円で販売されていた。リアンに礼を言ったが、彼の返答はにぎやかな店内アナウンスによってかき消されてしまった。せれなは色付きのリップクリームと新しいヘアブラシ、ピンクのハート形の手鏡を見つけて購入した。背伸びはやめにした。

買ったばかりのリップクリームをどうしても塗ってみたくて、同じ階にあるトイレに向かった。唇にほんのりと色が付いて心がときめいたせれなは、ヘアブラシで髪もとかしてみた。たまにはこういうことをするのも悪くないと思った。

トイレの個室から出てきた同じ年頃の女の子が、鏡に映ったせれなの姿をじっと見た。手を洗いながら実物のせれなもちらちら見てきた。おしゃれな子だったので、車がプリントされたカットソーにジーンズという格好を馬鹿にされているのかと思いきや「ねえ、ブラ着けてないの？」と尋ねられた。

女の子の顔を見ると「知らないやつがいきなり余計なおせっかい言ってごめんね。でも、胸結構目立ってるからした方がいいよ」とすまなそうに言われた。彼女は足早に去って行った。

言われてみれば一枚も持っていなかった。家に帰ってタンクトップを重ね着してみると、それほど目立たなくなった。さらに大きく息を吸い込んで腹を膨らませ、胸よりも腹の方が出ているではないかと、自分を安心させた。パトリシアに憧れていたのに、いざ体の変化に気づくと恥ずかしくてたまらなかったのだ。


ある冬の日の夕食前、せれなはテーブルを拭いたり食器を出したりして忙しく働いていた。ベラさんはお腹が大きくなっても家事をしてくれていたのだが「お姉ちゃんになるんだからもっとお手伝いしなさい」と父がうるさく言うからだ。放課後図書室にも立ち寄れなくなっていた。

父は家事を手伝わず、いつも食事の支度ができるまで居間でテレビを観て待っている。それなのに先ほどからせれなの動きに合わせてレーザー光線のように視線を動かしている。こういうときの父は何か話したいことがあるのだ。しびれを切らして父の前で仁王立ちになり「なに?」と聞いてみた。

コホンとわざとらしく咳払いをした父は「せれなちゃん、ちょっとここ座って」と座布団を置いた。座布団の上に正座すると、父は立ち上がってベランダに出て一服した。居間に戻り、せれなの胸元に視線を落とし、あぐらをかき、下を向いてから「今度ブラジャー買いに行こう」と提案してきた。

どこかに穴があったら今すぐにでも飛び込みたかった。ちゃんとタンクトップも重ね着しているのに、それでもダメだと言うのか。父は「ベラさんとね?」と付け足した。ベラさんも家事の手を止めて、椅子を持ってきて父の隣に座った。逃げられないと思った。

「いいよ。こんなの重ね着してたらわかんないし。それよりこれから生まれてくる赤ちゃんにお金を使ってあげて」

「ダメ、ちゃんと着けよう。成長するのは恥ずかしいことじゃないんだよ」

珍しく父が威厳を放ち、ベラさんも真剣な顔で頷いた。二人がまるで本当の夫婦のように呼吸を合わせて自分のことを考えてくれている、それがうれしかった。せれなは二人の目を見てしっかりと頷いた。

「じゃあ今度の日曜に行こうね」父が決めるとベラさんはOKサインを出した。せれなは「お願いします」と言った。

「あ、でも」と、再びせれなの胸元を見ながら言った父は、あぐらをかいた状態で尻歩きをして近づいてきた。右腕を伸ばし、せれなの胸を片方ずつわしづかみにした。もぎとられるのではないかと思うほど手に力が込められていた。

父は手を丸めて、尻歩きで元いた場所に戻り、横にいるベラさんに向けて「これくらいの大きさみたい」と説明をした。ベラさんは父の頬にビンタをした。

「いったぁー」キレのいい高音が鳴り響いた。

「なんでよ、サイズ測っただけじゃん」

「女の胸にさわるな」この日の彼女の第一声だった。

父はカラカラと笑い出し「はー？　娘に変な気起こすわけないじゃん。もしかして妬《や》いてんの？　そんな暇あったらちゃっちゃとごはん作ってよ」と指図した。

ベラさんは何も言わずにゆっくりと立ち上がり、台所で玉ねぎとニンニクを炒め始めた。食卓についた父にビールを二缶渡して踵《きびす》を返すと、湯気の立ったフライパンに冷や飯と卵を投入した。父はベラさんの方を見ずに「大体さあ仕事から帰ってきたらごはん食べることとくらいわかるじゃない。何か用意しといてよね」などとぼやき、ビールを一気飲みした。

せれなはこれはまずいと思い、ベラさんの顔色をうかがった。彼女はできあがった焼飯にこっそり唾を吐きかけてかき混ぜ、何食わぬ顔で皿に盛りつけて父に提供した。ビールに夢中だった父はハフハフ言いながら頬張り「ニンニク最高！」と笑顔で完食した。

せれなはベラさんとレモン漬けの玉ねぎとさばのサンドウィッチを食べた。食器を片付けているときに「さっきはありがとう」と礼を言った。ベラさんはじっと見つめてきただけで、やはり何も言わなかった。

そうして迎えた日曜日の朝、ベラさんは家中どこを探してもいなかった。買い物にでも行っているのかと思い、せれなは着替えて自宅待機した。呼び鈴が鳴ったので見に行くと、宗教の勧誘だった。

ベラさんは結局翌日の明け方に帰ってきた。一緒にブラジャーを買いに行く約束はすっぽかされた。一応謝られたが、事情は説明されなかった。

以来彼女は妊婦という身でありながら、家を不在にすることが多くなった。「今日の夜帰る」と告げて三日後に帰ってきたり、明け方惣菜を持ってやってきたかと思うと五分で出て行ったりした。それから彼女は帰ってこなくなった。

「ベラさんはどこにいるの?」とビールを飲んでいる父に聞いてみると「なんかお母さんに赤ちゃん見せたいから、里帰り出産するんだって」と答えた。

「えっ? ブラジルに帰ったの?」

「らしいよ」

父は平然と答えたが、胸騒ぎがした。

「なんで今になってそんな……あんなにお腹大きい人が飛行機で長旅できる?」

「診断書があればできるんだって。旅費も渡したよ」

旅費も渡したのか、とせれなは思った。

季節は巡り、師走を迎えていた。父は十カ月ぶりにベラさんと会っている。

　彼女は一週間前に突然父の職場の食堂にやってきた。すいとんを注文して、会計時に「話がしたい」と小声で伝え、代金と共に日時と場所を記したメモを渡した。このとき赤ん坊はいなかったそうだ。

　せれなはじっとしていられず、冷蔵庫にある食材を刻んではみそ汁の鍋に入れてかき混ぜていた。ドアが開く音がすると、コンロの火を止めて父に駆け寄った。

「おかえり。ベラさんどうだった?」

　父は呆然《ぼうぜん》とした様子だった。力なく上着を脱ぎ「しばらくこっちに戻ってこられないって」と呟いた。

　ベラさんとは喫茶店で一時間程度話をして帰ってきたらしい。育児中で働けないので仕送りだけは続けてほしいと頭を下げられ、父は少しの間赤ん坊を抱かせてもらった。それだけだった。

「子どもは無事に生まれてたよ。女の子。あの人と同じ金髪で、目が青くて大きくてまつ毛がクリンッてしてて、めっちゃかわいかった。なんでなんだろう。なんで一緒に暮らせないんだろう。聞いても今は話せないって言われたんだよ。せれなちゃんも妹に会ってみたいよね……?」

里帰り出産を理由にしていたが、本当は父に愛想を尽かしてしまったのかもしれないと、せれなは考えを巡らせた。日頃からこの家に色々と思うところがあり、娘の胸をわしづかみにする父を見て、我慢の限界がきたのかもしれない。そうなってもおかしくない。もしくは彼女も母のように新しいパートナーを見つけた可能性もある。だから何も言わなかった。

あれからうやむやになっていたブラジャーは、父が突然買ってきてくれたが、黒の総レース仕様の大人用だった。ぶかぶかだった。

恥ずかしい思いをして買ってきたので感想が聞きたいとせがまれ、サイズが合わなかったと正直に答えると「これから大きくなるよ！」と励まされた。嫌な気持ちになったが、念願のこたつも買ってもらえることになったので、ブラジャーは収納ケースの奥にしまって忘れようと努めた。

学校から帰ったせれなは、我が家にやってきたばかりのこたつに入って宿題をすることにした。居間ではテレビがついていて、食堂の仕事を終えた父がこたつ布団を首までかぶって眠っていた。

ランドセルをこたつの上に置き膝立ちの姿勢でプリントの仕分け作業をしていると、父が静かに起き上がって「チャンネル変えていい？」と聞いてきた。頷いてランドセルを床に置こうとすると、リモコンを取るために伸ばした父の右手がせれなの胸にちょん、と当たった。思考が停止した。父の方を見ると、素知らぬ顔でニュース番組を観ている。

故意に触ったのかたまたま当たったのか判別できなかった。しかし、リモコンはせれなの懐ではなくこたつの上に置いてあった。寝ぼけていたとしてもここまで目測を誤らないはずだ。釈然としないままこたつの中に足を入れると、父が自分の片足を乗せてきた。睨みつけるとすぐに下ろした。せれなは呼吸を整えてから、こたつ布団を踏みつけて両膝を抱えて座った。不思議そうに見つめられたので「熱いの」と呟いた。

交際相手に殺害された女性のニュースが流れると、父は「他人事《ひとごと》じゃないかもね」と笑った。

「あの人いなくても寂しくないよ。何か変な人だったし。てゆーか元々タイプじゃなかったしね、アプローチされただけで。すごかったんだから」誰も聞いていないことまでしゃべり出した。

ベラさんの作る料理はどれも珍しくておいしかったと父に言うと「パパにはせれなちゃんがいるからね」と話をそらした。それから漫才番組に変えてケラケラ笑っていた。

数日後、せれなは保健室の先生に教えてもらった商店街の店で、二枚組五百円のスポーツブラを購入した。「春にまたセールやるからよかったらおいで」と店員のおばさんからスタンプカードを渡され、何故だか泣きそうになった。

放課後、園芸委員の仕事を終えたせれなは閉室十五分前の図書室に立ち寄り、久しぶりにリアンの伝記本を手に取った。時間がないので適当に開いたページを読むことにした。

真ん中あたりを開くと「食事くらい静かにとりたいのに、みんな友達みたいに話しかけてくるからまいったよ。セーターをピチピチに着こなした肥満児に『どうやったら有名になれるのか教えてくれよ』ってえらそうに尋ねられたときは、親を呼んで水をぶっかけてやろうかと思ったよ」というリアンの発言が目に入ってきた。

「あっはっは」

せれなは図書室にいるのに声を出して笑ってしまった。続きを読んでいくと、リアンはスターになってからも多くの苦悩を抱えていたことがわかった。


一九七三年、ロンドンでの公演を終えて疲弊しきったリアンの元に、突然父親が現れた。三年ぶりの再会だった。「有名になった途端に会いに来たんだ、小遣いをせびる以外に目的はない」と彼は言う。父親は「立派になったな」と、まず近くにいたジムを強く抱きしめた。「会えてうれしいよ」と涙声で言い、ジムは「変わらないね」と返した。

続いて父親はリアンを抱きしめようとしたが、彼は強烈なパンチで応えた。さらに床に倒れた父親を数回踏みつけ、二十ポンド紙幣をばらまいて「出て行け」と告げた。父親は一枚も拾わずに帰り、リアンはしばらくの間紙幣を見つめながら佇《たたず》んでいた。

「相手は酒樽《さかだる》みたいな年寄りなのにどうして今までおとなしく殴られていたのか、

そのとき不思議に思ったんだ」と彼が語っていたのが印象的だった。

「だから大丈夫だって、せれなちゃん大げさ」

日曜日、せれなは出勤しようとする父の後を追いかけて、顔色が悪いので仕事を休んだ方がいいと説得していた。このところ働き詰めで、朝食の席でも青い顔をして牛乳しか飲まなかったのだ。

「はいっ、もうついてこないで」父は両腕を伸ばしてせれなの顔の前で止めた。玄関で靴を履き、眠たそうに目をこすりながら「あー、せれなちゃんちょっと傘取ってくれない？　夕方から雨なんだって」と言った。

せれなが傘を取るために後ろを向くと、父は尻をポンと軽く触ってきた。すかさず振り返ったが、顔を横に向けてあくびをしていた。確かに触れられたのに、こちらの勘違いだったのかと錯覚するほどしれっとしている。父はドアを開けて「いい子で待っててくだちゃいねー」と手を振った。物を投げつけたくなった。

ベラさんがいなくなって以来、せれなは父への不信感を募らせるばかりだった。このまま自分も精神を病んで、手首を切った父の二の舞となってしまわないように、娯楽を求めた。

そうして始めたのが紙と鉛筆があれば別世界に旅立てる漫画の執筆だった。ジャンルは少女漫画で、リアンとのラブロマンスを狂ったデッサンで描いている。せれなが描くリアンは十二頭身だ。顔の半分以上を占めているのがキラキラと輝く目で、鼻は生え際からくの字に生えている。彼を美形に描くことに全神経を注いでいるため、せれなの自画像は三十秒で描ける目と鼻と口とほくろがついているだけの簡単なものにしていた。

「セレナ、目を閉じてごらん」

女性用シャンプーのCMの如《ごと》くサラサラの髪をなびかせたリアンが、せれなの巨大な耳元でささやく。当然キスをされることを期待して目を閉じるのだが、口を前方に突き出すとどうしてもタコのようになってしまう。リアンは枝のように細長い腕を曲げて、せれなの頬に優しく触れる。実際には彼の指先が頬に突き刺さっているようにしか描けないのだが。

いつまで待ってもキスをされないので目を開けると、リアンは困ったような顔で「いや、まつ毛についたゴミをとろうとしたんだけど」と言う。大切なシーンなのに彼のアゴを描くことに失敗して、人に刺さりそうなほどとがってしまった。

顔全体に斜め線を入れて照れるせれなに向かって、リアンは「キスはもう少し大きくなってからね」と大人の対応をする。彼がほほえむと長すぎるまつ毛が輪郭から飛び出す。せれなも紙に向かってほくそ笑んだ。それから鉛筆を置いて伸びをした。

漫画家だったら多分一生連載を持たせてもらえないほど下手な絵しか描けなかったが、息抜きにはなった。今度は手持ちの漫画を参考にしてお姫様抱っこをしてもらうシーンを描こうと決心した。

漫画は誰にも読まれることがないように、鍵付きの棚に保管した。


休日に早起きをしたせれなは、数冊の少女漫画を読みこんで何時間もイメージトレーニングをおこなった。父の見送りはしなかった。

深呼吸をして机に向かい、持てる力の全てを使ってお姫様抱っこのシーンを何枚も描いた。残念なことに回数を重ねるたびに下手になり、せれなとリアンの体がもはや人体のそれではなくなってしまった。ゴミ箱が丸めた紙でいっぱいになっているのを見て、あきらめてノートを閉じた。

すっかり悲観してラジオをつけると、「タイムマシンにおねがい」というフレーズが繰り返される曲が流れていた。せれなは勉強机の引き出しを開けて、リアンのお気に入りのポスターをじっと見た。今日もかっこいい。一九七〇年代のイギリスに行けるタイムマシンさえあれば、漫画など描かずとも本物の彼に会えるというのに。

歌詞に深く共鳴したせれなは、ボーカルに合わせて「タイムマシンにおねがい」と口ずさんだ。繰り返しているうちに気分が高揚してきて、普段なら決して出さない声量で歌った。誰も見ている者がいないと思うといっそう興奮度が増し、椅子の上に立って拳を振り回しながら熱唱した。

歌い終えると背後から視線を感じた。もしやと思って振り返ると、ベラさんがドアの隙間からぬっと顔をのぞかせていた。

「うおぉっ」

冷静さを失ったせれなは椅子から飛び降りたが着地にしくじり、右腕と両膝を強打した。予期せぬ来訪者だった。

「ベラさん久しぶりっ」右手を上げて挨拶しながら左手で引き出しを閉めた。ベラさんも右手を上げた。

一年ぶりに会うベラさんは変わらず無口だったが、思わず二度見するほど頬がこけていた。彼女は挨拶もそこそこに、昼食に食べたいものはあるかと尋ねてきた。時計を見るのも忘れるほど漫画を描くことに没頭していたが、とっくに正午を過ぎていた。シチューが食べたいとリクエストすると、ベラさんはＯＫサインを出して台所に行き、スーパーの袋から食材を取り出した。手伝おうとすると「一人でやるから歌っててきていい」と気を遣われ、顔から火が出そうになった。しかし、久しぶりにベラさんの手料理が食べられると思うと、せれなの胸は弾んだ。

ベラさんはショッキングピンクのハンドバッグから、見慣れた白い瓶詰めを取り出した。彼女が作ってくれるのはせれなが思い描くシチューとは違うのだが絶品だ。

トマトと玉ねぎのスパイシーなサラダを食べている間に、ベラさんは具材を鍋に放り込んでせわしない手つきで炒めた。鍋から飛び出して床に落ちた具材も回収して炒める。相変わらず豪快だった。

シチューを煮込んでいる間に、ベラさんは洗面所やトイレのタオルを新調してくれた。全部赤色だった。二人でココナッツミルクの香りが漂うシチューを食べた。色とりどりの野菜と白身魚、大きなエビが入っていてとてもおいしかった。

夕方になると、ベラさんは帰り支度をした。ドアノブに手をかけた彼女は、せれなの顔をじっと見て「仕事が忙しくて」とこぼした。

育児中で働けないのではなかったのか。今どこに住んでいるのだろうか。仕送りに頼る生活なのに我が家のために魚介や野菜を買い込む金はあるのだろうか。赤ん坊は一人で育てているのだろうか、それとも新しく家庭を築いたのだろうか。わからないことだらけだったが聞かなかった。ベラさんはきっと身の上話が嫌いだろうし、答えが返ってくる気がしないからだ。

「元気？」ベラさんが尋ねた。せれなは体のあちこちに触れてくる父の手を思い浮かべたが、元気だと答えた。

「ベラさんは元気？」と聞き返すと、彼女は少し間を置いて「大丈夫」と答えた。

そしてまたせれなの前からいなくなった。

ともあれ彼女は忙しいのだから仕方がない。ほかに好きな人ができて、子どもと一緒に新しい生活を始めているのかもしれない。彼女には未来がある。しょせん自分たちは他人同士だ。そう思うことにして、ベラさんが大量に作ってくれたシチューを夕食にも食べた。

翌朝、水の音で目覚めたせれなは部屋を出た。

夜勤から帰ってきたばかりの父が珍しく台所に立っているので感心していると、ベラさんお手製のシチュー鍋の中に水を注いでいた。

「何してるの？」

「あの甘ったるいシチューでしょ？　食べたくない」そう言いながら鍋をひっくり返すと、中身が大きな音を立てて排水口に流れてしまった。

「あの人いつ来たの？　昨日の昼頃でしょ」せれなは頷いた。

「子どものこと何か言ってた？」せれなは首を横に振った。父はため息をついて、ありえないよねと口をとがらせた。

「俺の金で育ててるくせに……」

父は扱いに注意が必要なほど恐ろしい顔になったが、せれなを一瞥すると笑顔を作った。

「ま、こうなったらどこで何してようが知ったこっちゃないよね！」びっくりするほど腹から声が出ていた。

せれなは着替えるために踵を返した。すると音も立てずに父が近づいてきて「ね、せれなちゃん今度カレー作ってよー。パパカレーの方が好きだなぁ」と背後で猫なで声を出した。それから肩をもまれた。全身の毛が逆立った。


週末、こたつをしまうと父は二人掛けのグレーのソファを買ってきた。ただでさえ狭い居間がますます窮屈になったたし、せれなは座布団があれば十分だったが、父が機嫌よくビールを飲んでいたのでわざわざ言わなかった。

それにせれなにもいいことがあった。少しずつ貯めていた買い物の釣り銭で、カップスのレコードを一枚購入したのだ。「I Want to Go Out」という、一九七七年に発表された彼らの代表曲だ。ラジオで何度か耳にしたことがある。行きつけのCDショップでジャケットを目にして、ロンドンらしき街並みをスーツ姿で歩くリアンたちがかっこよくて猛烈に欲しくなった。もちろんプレーヤーは持っていないのだが、棚から取り出して眺めるだけできっと幸せな気分になれるだろうと思った。

帰りにスーパーに立ち寄り、リアンの好物であるカレーライスの材料を購入した。鼻歌をうたいながら鍋で煮込んでいると、父が帰ってきた。

「ただいま。今日カレー?」父は表情をパッと明るくしたが、せれなはリクエストされていたことなどすっかり忘れていた。白い皿にカレーをよそい、冷蔵庫から缶ビールを出した。

せれなはスーツ姿のリアンがお手製カレーを食べてくれるところを想像しながら、父が口にスプーンを運ぶ様子を頬杖《ほおづえ》をついて眺めた。きっと大げさなくらいおいしいと言って、親指を立ててくれるはずだ。目を閉じるとそんなシチュエーションが鮮明に浮かんだ。

目を開けると父がせれなの顔をのぞき込んでおり「めっちゃおいしいよ」と感想を言った。「そう、よかった」せれなも自分の分のカレーをよそって食べた。

「あー、おいしかったぁ」カレーを食べ終えた父はお気に入りのソファに腰かけた。

　せれなも食べ終えて水を飲んでいると名を呼ばれた。見ると父がソファの空いているところに手を置いて、ポンポンと叩いていた。警戒しながら近づいて腰を下ろすと、父は「ママより料理うまくなったね」と笑顔で言った。

　ママ。誰のことかと思った。あの女をママと呼んでいたのは父だけだ。「料理作ってくれたことほぼない人と比べられてもね」

　かわいげのないことを言ってしまったが父は高い声で笑い、それもそうだねと言った。「でも、あの人が作る料理と比べてもおいしいと思ったよ」

　父が言うあの人とはベラさんのことだろう。せれなが言葉を返さずにいると父は話題を変えた。

「せれなちゃん、なんか最近かわいくなったね」

　驚いて父の顔を見ると、瞳がきらめいていた。

「そう？」

「うん。なんか前よりキラキラしてる」

「それは……ありがとう」恋をするとキレイになるなど戯《ざ》れ言《ごと》だと思っていたが、

あながち嘘でもないのだろうか。確かに今日はレコードを買って気分もよかった。

カレーの皿は早く洗わなければと思って立ち上がると、父がせれなの手首を摑んだ。


「もうちょっとお話ししようよ」

そう言った父の手は熱かった。

おずおずと隣に座ると、父は「かわいいねぇ」とうっとりした表情になった。なんとも不気味でせれなは顔が引きつった。娘の顔を見た父は歯を見せた。

そしてソファに押し倒された。服の中に手を入れられ、あのときのように強い力で胸をわしづかみにされた。何故こんなことになっているのかわからなかったが、せれなはぼんやりとしか働かない頭でこう考えた。父は敵だ、死に物狂いで逃げなければならないと。それなのに体がソファと同化したように動かなかった。

気づいたときにはせれなが着ていた服はソファの下に落ちていた。父は息をフンフン吐きながら、汗ばんだ手でせれなの体に触った。人間というより四本足の動物にのしかかられているようだった。爪を立てて引っかいてきたからだ。

父がズボンのベルトを外すと、今まで経験したことがない強烈な痛みが下腹部から脳天まで突き抜けた。この瞬間、せれなは人生で最も心細くなった。声は出なかったが頬に涙が伝い、手足が震えた。

一方父はせれなの上に乗って、あることを達成するために一心不乱に体を動かしていた。せれなは父の顔を見た。眉毛を八の字にして白目をむいていた。見るに堪えなかった。顔を近づけられたとき、生暖かい吐息と口臭に耐えられずせれなはえずいた。父は気にしていないようだった。「ああっ」と何度か言ってから、体を動かすのをやめた。いつもの顔に戻った。

父がおもむろにズボンを穿《は》いてのそのそと風呂場に向かうまで、一度も目が合わなかった。「疲れたぁ」と言いながら、脱いだ靴下を洗濯機に放り込みに行くときと何ら変わらない後ろ姿を、せれなはただ眺めた。

解放されても動けなかった。数分後どうにか起き上がれたが、体を動かすと股に激痛が走るので、壁に手をつきながらゆっくりと進んだ。そして自室に入ると鍵をかけた。

「せれなちゃーん」

もう風呂から上がった父にドアをノックされ、せれなは垂直に飛び上がった。

「お風呂あいたから入りなね」

しばらくすると仕事へ行った。これが地獄の始まりだった。


カレーを振る舞った夜以来、父はせれなの生活を監督するようになった。自分が食堂の仕事から帰ってきたときにせれなが家にいないと、くどくどと小言を言うようになったのだ。

「買い出しは日曜に行けばいいじゃない」自分がスーパーへ行くつもりはないようだった。

「いや、平日に安く買えるものもいっぱいあるんだけど」

「もー、主婦だなぁせれなちゃんは」

父はそう言って手を握ってきた。せれなの体はブルッと震えて、力いっぱい振り払った。

「やめてよ……」

「え、なんで嫌がるの？」不思議そうに尋ねられたがこちらが理解不能だった。

「あ、ちょっとなんか顔色悪くない？」

　せれながかろうじて言えたのが「風邪ひいた」だった。

「うん、どうりで今日元気ないもんね。風邪っぴきは部屋で寝てなさーい」

　せれなが部屋に入りひと息つこうとすると、父はノックもせずにドアを開けて
「あったかくして早く治しなよ」とにっこり笑い、静かに閉めた。

　この手は使えると思った。


　しかし有効期間が短かった。父が帰宅すると同時に、せれなはマスクを装着して重病患者のように咳き込んだ。

「おかえり。まだ風邪ひいてるから近づかない方がいいよ」

　部屋に引っ込もうとすると、父はせれなを後ろから抱きしめた。

「パパが何考えてるかわかるでしょ？」

　耳元でささやかれ、誰でもいいから助けてほしいと思った。

「わかんない」せれなは努めて軽くあしらおうとした。

「わかるくせに」

「お父さんさ、疲れてるでしょ。ゴホゴホッ。無理はよくないよ」

「大丈夫だよ。パパ絶倫だもん」得意げに言った。このときは何を意味する言葉なのかわからなかった。

「風邪ひいてるから無理だよ」

「……中々治らないんだね?」

「ゲホッ。熱が出ない風邪は長引くっていうでしょ。お父さんが教えてくれたんだよ」

「でも学校行けるくらい元気なんだよね? ちょっとくらい平気だよ」

「いや、お父さんにうつしたら悪いから。ゴホッ、ゲホッ」

「大丈夫だって」

「無理無理、部屋で寝とく。お父さんも休みなよ」

父は離してくれた。それからせれなが着けているマスクを外して床に捨てた。振り向くとせれなの前髪を引っ張って持ち上げた。

「いい加減にしろよ、あ?」

頭を叩かれた。顔を上げるともう一度叩かれた。続いて頬を平手打ちされ、両手で顔を覆って攻撃から身を守ろうとするとあっけなく振り払われた。側頭部をはじくように叩かれ、よろめくと胸ぐらを摑まれた。父の手を摑んだがまた平手打ちされ、壁まで突き飛ばされた。

「風邪じゃねえことくらいわかってんだよクソガキ！　俺が帰ってきたときからげほげほコンコンくっせー芝居しやがって！」

　せれなはやせっぽちの父の腕力に驚愕《きょうがく》していた。それに怒鳴られるのは初めてだった。父に負けないようトゲのようにまとっていた気力や対抗心が、殴られて全て抜け落ちたのを感じた。

「とっとと相手しろ」

　父に捕まった。ここまでされるとは夢にも思っていなかった。父は左手でせれなの手首をしっかりと握りながら寝室へ連れて行き、床に落ちていたビデオテープを手に取った。居間に戻ってデッキにセットし、ソファに腰を下ろして右手でリモコンを操作した。早送りをしていたが時間がかかり、秒針を刻むように舌打ちしていた。

　早送りの映像からは、首から笛をぶら下げたむさ苦しい男の教師が、一人の女子生徒に異様に執着していることが読み取れた。日常的に彼女をなめ回すように眺めたり、幾度も壁に追い詰めては怖がらせて、それを喜んでいる素振りを見せていた。そして女子生徒を体育倉庫に呼び出し、おそらく性的な目で見ていることを打ち明けて拒否されると、彼女をマットの上に押し倒して無理やり服を脱がせにかかった。

女子生徒が抵抗しなくなったところで映像を一時停止させ、直立不動のせれなを床に叩きつけた。頭から背中にかけて走る痛みに気が遠くなっていると、父はテレビ画面を指差しながら「あの女の子の真似して」と真顔で言い放った。

せれなは映像に目をやり、拒絶の意思を示すために首をわずかに横に動かしたが、父には届かなかった。死んでもやりたくなかった。先ほどまであれほど嫌がっていた女子生徒が、体だけ大人になりやがってと怒鳴る教師に身を委ねてしまっているのだ。

「ほら、声出してあんな感じで」

奥歯を嚙みしめた。

「パパは役に入り込んでるよ」口調が投げやりだった。

「誰がマグロになれっつったのー？」頬をぺしぺし叩かれた。

せれなは今の自分はまな板の上の魚と同じだと思った。寄る辺なく天井を見ていると、突然リアンが姿を現した。彼は天女のようにふわりと空中を舞った。せれなは目をしばたたかせた。リアンは半透明で、音も立てずに分裂したかと思うと百鬼夜行《ひゃっきやぎょう》のように過ぎ去っていった。今のは一体何だったのだろう。何故リアンが我が家に来てくれたのだろうか。

三秒後、ベランダの窓ガラスを二回ノックする音が聞こえた。心の中で「どうぞ」と言うと、フリルのブラウスにレモン色のパンツを合わせたリアンが優雅な足取りで入ってきた。本当に彼だ。せれなの心臓は早鐘を打った。

リアンは父の隣に立った。父は首を横に固定させてテレビ画面に見入っており、彼の存在に気づいていなかった。

リアンはしゃがんでせれなの顔の前に手をかざした。すると視界が真っ白になり、上に乗っているはずの父が見えなくなった。父の声もビデオの音声も聞こえなくなった。視力と聴力を失ったのかと思ったがそうではなかった。

「リアン、ヘルプミー！」

ちゃんと自分の声は聞こえた。手を差し伸べてくれているリアンの姿も見えていた。せれなは彼の手を取って、やっとここから逃げ出すことができたのだった。

満月に照らされたウッドデッキで、リアンはアコースティックギターを弾きながら素敵な歌を口ずさんでいた。

白いワンピースを着たせれなは、体育座りをしてずっと彼の演奏を聴いている。演奏が終わり拍手を送ると、リアンはこちらを見て「センキュー」とかわいらしくほほえんだ。それから長い腕を伸ばして、せれなの頭を撫《な》でてくれた。

そこへ白い猫がやってきて、リアンに向かってニャアンとあいさつをした。リアンはせれなにギターを託し、猫を膝の上に乗せて「彼女は僕の愛人さ」と紹介した。

彼の前では甘えん坊のかわいい猫だったが、動物が苦手なせれなには露骨に敵意を示した。「あたしの男に近寄らないでよ！」と言っているようだが、それはこちらの台詞だった。瞳孔の開いた愛人に向かって「シャー！」と威嚇すると、爪を出して飛びかかってきた。

せれなは自室の布団の上で目覚めた。服の中にまで入ってきた猫に息の根を止められそうになるほど引っかかれたせいで、体がすり傷だらけになっていた。

傍らには何故だかわからないが五千円札が置かれていた。せれなはこの金で絆創膏を買おうとぼんやり思った。


この日せれなはパリにいた。カップスのヨーロッパツアーに同行することになったのだ。いつもリアンと一緒にいるせいか、せれなは十四歳という若さで五人目のカップスと呼ばれるようになっていた。

彼らはフランスのテレビ番組に出演することになり、ランチの後リハーサルがおこなわれた。備え付けの機材の調子が悪く、四人は首を傾げながら音合わせをしていたのだが、いよいよギターの音が出なくなった。

現地のスタッフがのろのろと調整している間、せれなは暇を持て余した彼らの格好の餌食となる。低身長ゆえに、のっぽたちの目には幼児のように映るらしい。ジムとマックスはせれなを交代で肩車して遊んだ。

「きゃーっ」

オリバーの番が来たときに、せれなは悲鳴を上げた。彼は身長が二メートルもあるので、立ち上がった瞬間天井のむき出しになった硬くて冷たい鉄骨に頭をぶつけそうになったのだ。

「リアーン、ヘルプミー」と叫ぶと、スタッフと談笑していたリアンが「僕の恋人で遊ばないでくれ」と飛んできてくれた。彼は細身なのに力持ちで、せれなをオリバーの肩から引きはがして軽々と抱き上げた。そしてまるで王子様のようにせれなの手の甲にキスをして「僕のお姫様」とささやいてくれた。

肝心のライブ収録はというと、観客が全く盛り上がらないまま終了した。どれもせれなが大好きなかっこいい曲なのに、客席のフランス人は芝居でも観ているかのようにおとなしい。ボーカル用のマイクもへっぽこで、リアンの美声にボワボワと奇妙な音が重なった。

すっかり機嫌を損ねてしまったリアンは、収録後メンバーやスタッフに当たり散らしてから、絵に描いたようにがっくりと肩を落とした。離れたところで彼の様子を見ていたせれなは、先に楽屋に戻っていることにした。

数十分後ふらふらとやってきたリアンは、せれなの存在に気づくと苦笑いを浮かべて、大きく息を吐いた。力なく床に座り込み「かっこ悪いところを見せてごめんよ」と小声で謝った。せれなの目にはイタズラをして飼い主に叱られる子犬のように映った。

「すごくかっこよかったよ」

子どもに話しかけるようにささやいて、彼の頭をそっと撫でてあげた。リアンはしばらくの間膝に顔をうずめていた。すすり泣く声が聞こえてきたが笑い声も混ざっていたので、嘘泣きをしていることは丸わかりだった。

それきりリアンたちはフランスのテレビ番組に出演することはなかった。


せれなはCDラジカセで「さまよう恋心」をリピート再生しながら、長く伸ばしていた髪を自分でバッサリ切った。シャンプーがうんと楽になり、体も軽くなったようだった。

父がいない時間帯に突然ベラさんがやってきた。最後に会ったときよりもやつれていた。彼女はせれなのイメージチェンジに驚いてから、鼻の穴を広げた。

食卓に広げていた教科書とノートを見たベラさんは「受験勉強？」と聞いてきた。彼女の口からそんな言葉が出るとは思わなかったので、せれなは驚いたが「お父さんがちょっとでもいい高校に行けってうるさくて」と説明した。好きな男性が高校までは努力して卒業しているので、自分も勉強を頑張っているということは話さなかった。ベラさんはトマトとココナッツミルクのおいしいカレーを作って食べさせてくれた。

夕方になると、ベラさんは白い瓶詰めをショッキングピンクのバッグに戻して、せれなに別れを告げた。玄関に向かって歩いていく大木のような背中に向かって、せれなは「妹に会いたい」と言ってみた。ベラさんは一瞬立ち止まったが「今はできない」と低い声で告げて、ドアノブに手をかけた。

「いつ会わせてくれるの？　もうずいぶん大きくなってるはずだよね？」

せれなは別に妹に会いたいとは思っていない。いつも何の前触れもなくやってくるベラさんと、ちゃんと会う約束がしたかったのだ。

ベラさんは振り返って、せれなの顔を見ながら絞り出すように言った。「……

コンジュジに、なれたら」

「こんじゅじ、ってなに？」

ベラさんはこれ以上聞いてくれるなという表情を浮かべたが、助け合って生きていく人のことだと答えた。

「誰と？　お父さんと？」

ベラさんは何も言わずにせれなを抱きしめた。初めて挨拶をされたときと同じように背中を強く二回叩かれたが、頰にキスはされなかった。

それから本当に来なくなってしまった。父の経済的な援助は必要でも助け合って生きていく気など、彼女にはさらさらないのだろう。余計なことを言わなければよかった。


嫌な思い出の残るフランスを後にして、イタリアでは野外ライブを盛大におこなった。

ライブ中盤で豪雨に見舞われ機材が故障するトラブルもあったが大盛況で幕を閉じ、リアンも晴れ晴れとした表情を浮かべていた。ステージの上で拍手喝采を浴びながら華麗にお辞儀をする彼を見て、せれなは「あの人私の恋人なのよ！」と自慢して回りたいほどの誇りを感じた。

翌日、せれなとリアンは二人乗り用のスクーターでローマ市内を観光し、甘くておいしいジェラートを食べた。有名な彫刻の口の中に手を入れて「助けて抜けない！」とふざけるリアンを見て大笑いもした。

腹が減ったので店に入り、テーブルからはみ出るくらい大量のピザを注文すると、若くて毛深い店員の男がせれなに話しかけてきた。片言の日本語でカワイイとかイタリア人スキデスカとか言ってくる。イタリアではお決まりのナンパだったので、せれなはピザをむしゃむしゃ食べながら「連れがいるもので」とかわしていた。

しかし嫉妬深いリアンの逆鱗《げきりん》に触れたのか、彼はすごい剣幕でテーブルに金を叩きつけた。店員をライオンのような鋭い瞳で睨みつけると、せれなの手を引いて店を出た。怒りのオーラを背中から発するリアンに向けて「まだ食べてる途中だったのに」と文句を言うと、案の定むっとされたが彼も同感だったようだ。

今度は若い男がいない店を選んで、再びピザを好きなだけ注文して食べた。満腹になり、互いの腹を叩き合いながら笑った。ただ、せれなはあの猛獣のような眼光をこの先きっと忘れられないし、店員にとってもそうだろうと思った。

夜は船上のダンスパーティーに参加した。リアンは華麗な白のタキシード、せれなは高級な生地でできたぶどう色のドレスでめかしこんだ。生まれて初めてダンスをするせれなは、音楽が流れると割と早い段階でドレスの裾を踏んで派手に転んだ。仮面で素顔を隠す不気味な紳士淑女がこぞって笑い出し、悲しくて顔を上げられなくなってしまった。

そんなときでもリアンは「お怪我はないかいお姫様！」と明るく言って、ひょいと抱き起こしてくれた。何でもできる恋人にスマートにエスコートされ、転んだときの痛みも忘れて朝まで踊り明かした。

商店街のリサイクルショップに立ち寄ったせれなは、リアンのソロアルバムを見つけて迷わず購入した。ケースから小冊子を取り出して日本語の解説文を読んでいると、リアンは髪の短いボーイッシュな女性が好きだと書いてあった。

さっそくいつも閉店セールをしている店に行き、ゆったりとしたパンツを二枚購入した。ベリーショートにしてよかった。

イギリスでのライブを無事に終えた三日後、せれなはロンドンにあるリアンの自宅にいた。久しぶりにゆっくりできることがうれしくて、日光を浴びながら二人でシーツにくるまっていた。

せれなはリアンよりも早く起きて、思う存分大天使のような寝顔を観察していた。頬杖をついてまじまじと眺めていると、実は寝たふりをしていたリアンが突然目を開けて「わっ！」と大声を出した。驚いたせれなに向かって彼はいたずらっぽく笑った。朝から幸せだった。

せれながキッチンに立ってベーコンエッグを作っている間に、リアンは丁寧に紅茶を淹《い》れてくれた。理想的な透き通った茶色で、まるでリアンの瞳の色が溶け出しているようだった。「料理は下手なのに紅茶を淹れるのは上手ね」とほめてあげると「君は料理は上手なのにほめるのが下手だね」と返してくれた。

遅い朝食を終えると、手をつないでショッピングに出かけた。青のギンガムチェックのシャツに白のゆったりとしたパンツを着用したリアンは、現代的でいっそう素敵に見えた。彼は横を歩くせれなに赤いベルトを見せつけて「今日のコーディネートの主役はベルトなんだ」と教えてくれたが、せれなはある店のショーウィンドウから目が離せなくて上の空だった。

リアンはイギリスでは知らない人間はいないスーパースターだ。サングラスをかけていてもすぐに気づかれて大騒ぎになり、カレーライスの材料をレジに通すと足早にスーパーマーケットを去った。リアンはマスコミをはじめとする周囲の干渉を煩わしく思っているが、子どもにはとても優しい。信号を待っているとき、目を輝かせながら見つめてくる女の子の赤い帽子にこっそりサインをしてあげた。

帰宅するとせれなは甘口が好きなリアンのために、日本から持ってきたリンゴとハチミツ入りのルーでカレーを作った。リアンは一口食べるなり「おかわりしたい味だ」とほめたたえ、何度もおいしいと言ってくれた。

後片付けを終えると「セレナお風呂わいたから見においでー」と呼ばれた。いそいそとバスルームへ向かうと「はいプレゼント！」と、突然リアンから赤いチェック柄の大きな包みを手渡された。

中を開けると胸元にレースとリボンがあしらわれたピンク色のパジャマが入っていた。今日の午後ショーウィンドウで見かけて、着てみたいと思っていたのだ。

「これどうしたの？　かわいい！」

「通りの店で君に似合いそうなパジャマを見つけたから引き取ったのさ。もうすぐ誕生日だろう？」

スーパーマーケットで買い物中「ちょっと一服してくるね」とせれなのそばを離れたほんの数分の間に、急いで店まで戻って買ってきてくれたというのか。どうりで帰り道買った覚えのない大荷物まで抱えていると思った。恋人らしく無駄遣いを叱りつけてしまったことを後悔した。

「誕生日当日は一緒にいられないからね」その日彼は難民救済のチャリティーコンサートに出演する。せれなも子どもではないので、ちゃんと泣かないで帰りを待っていられる。

が全三十二曲収録されているだけあって、曲もバラエティーに富んでいる。なかでも疾走感と爽快感のある「Blue Fighter」がお気に入りになった。日本のドラマの主題歌にも使われていたそうだ。リアンのソロアルバムもよかったが、一曲目から最後までちゃんと聴けなかった。せれなは一度気に入ると同じ曲ばかり聴く傾向があるのだ。

頭を上下に振りながら三十回目の「Blue Fighter」を聴いていると「ただいまー」と父が帰宅した。外はまだ明るかったが、時計を見ると十八時を回っていた。時間を忘れて曲を聴きこんでしまっていたのだ。父が帰ってくる前に食事も風呂もトイレも済ませて部屋に引っ込んでおくつもりだったのに。

「いやあっついねー。あ、この歌なんだっけ？　カップス？」

首にかけていたタオルで汗を拭いながら父が言った。

「知ってるの？」思わず口をきいてしまった。

「うん、有名じゃん。てゆーかせれなちゃんが知ってることにびっくりだよ。これ飲んでいい？」

せれながテーブルの上に置いていた氷入りの麦茶を勝手に飲み干した。

「この曲若いときよく聴いたなー。かっこいいよね」

初めて同志を見つけたと思った。

父はアルバムを手に取り「ふーん。せれなちゃん昔の洋楽とか聴くんだ。渋いね」と呟いた。小冊子を広げてメンバーの写真を見るなり「え、これがボーカルの人？　リアン・ノートン？　こんなにイケメンだったの？　超かっこいいじゃん知らなかった」と目を丸くした。

せれなの顔は真っ赤になってしまった。父の顔から一瞬表情が消えた。

「この人のファンなの？」

「別に。曲が好きなだけ」小冊子を取り返そうとしたが、父は渡さなかった。

「このアルバム高かったでしょ。いっぱい曲入ってるから」悪意に満ちた口調だった。

「パパにもらったお金で買ったの？」

父は笑顔で聞いてきた。せれなの表情が硬くなったのを見届けてから「いいんだよ、アルバイト禁止してるのパパだからね。お小遣いくらい年頃の娘にあげないと」と、勝ち誇ったように言った。

父は品定めするように小冊子を眺め、うーんと唸《うな》りながら「リアンってさ、かっこいいけど目がでかすぎて女みたいじゃない？　しかもよく見ると鼻がちょっと右に曲がってる」とケチをつけた。せれなは全く腹が立たなかったので言い返さなかった。

父が夜勤の仕事に出かけると、触れられたアルバムのケースを入念に水洗いした。そして机の棚に収納していたカップスのＣＤや雑誌などを、全て鍵付きの棚に移して鍵をかけた。

数日後、スーパーから帰ると「おかえりー」という父の声がせれなの部屋から聞こえてきた。

床がきしむのも構わず大慌てで向かうと、父は鍵付きの棚の前で佇んでいた。床には潰したビール缶、棚の鍵を隠してあった黄色の豚の貯金箱、大量の小銭、カップスの作品、雑誌、昔一生懸命描いた漫画などが無造作に散らばっていた。

「嘘つき」

父は悪びれる様子もなく、机の引き出しを開けてポスターを取り出した。ウインクをして紅茶を飲むリアンを見せながら「こいつのこと男として好きなんじゃん」と、まるでせれなに責任を問うように言って、ポスターを床に放り投げた。

「リアンって今いくつよ？　パパより年上だよね？　おじさんかおじいちゃんだよね？　趣味悪いよせれなちゃん」足下のノートを拾い上げて、パラパラとページをめくった。

「歌が好きなんじゃなかったの？　なんか、下手くそな漫画とか描いてるし……この主人公みたいなのせれなちゃんだよね？　ほらこの右頬にあるでっかい」

「勝手に触らないでよ」

　せれなはリアンと自分の領域に土足で踏み込んできた父からノートを奪い取った。父の顔は険しくなったが、怒りたいのはこちらの方だ。まとわりつくような視線を感じながら、宝物を拾って棚のあるべき場所に戻していった。

「なんだよ触らないでって……」声に威圧感があった。せれなはギュッと目を閉じた。

「今までなんのためにパパがお小遣いあげてたと思ってるの？　年頃の女の子らしく、服とか靴とか、アクセサリーとか買ってほしいからだよ。ただでさえとび職みたいなズボンばっかり穿いて、猿みたいな髪型して色気ないんだから。なのにこんなもの集めるために……。俺の金で男に貢いでたのと一緒でしょこんなの」

せれなは父を見ないようにして「もらったお金の使い道なんてお父さんに関係ないでしょ」と反論した。えらっそうに、と小声で言ってから父は少しの間黙った。それからこう続けた。

「ねえ、せめてリップクリームくらいは塗ったら？　昼ガサガサで嫌なんだけど。あー、あとお風呂も毎日ちゃんと入ってよ。におうから。そんなんじゃ不潔とか言われていじめられるよー女子高生たちに」

小学生の頃見せられた気持ち悪いビデオの映像がよみがえってきた。

「ねぇちょっと聞いてる？　せっかく若いのに何してんのって言ってんの」

せれなはリアンのポスターを拾って父に見せつけた。

「私はこの人のファンなの。好きなの。見てると元気をもらえるの。私くらいの年頃の子は、別に恋とかじゃなくても憧れの人の一人くらいはいるわよ。それはいけないことなの？　私ちゃんと学校行ってるし、家のことも全部やってるじゃない。お父さんにとやかく言われる筋合いはない」

言い終えるとせれなは大きく息を吐いて、額の汗を拭った。父は熱のこもった口調で「俺だけ見ろ」とだけ言った。

その言葉を聞いた途端、せれなは眉間を誰かにトンと突かれたように頭が傾いて、後ろに倒れそうになった。どうにかこらえて歯を食いしばった。激しい怒りが込み上げてきた。こんな思いをするくらいなら両耳をひきちぎっておけばよかった。

「それは私じゃなくてお母さんに言うべきだったんじゃないのっ！」

怒鳴り慣れていないせれなは、ひっくり返った気弱そうな大声しか出せなかった。父はせれなの頬を平手打ちして、宝物が散らばったままの床に押し倒した。尻の下で何かがパキッと割れる音がした。父は恐ろしい顔でベルトを外した。せれなはズボンをずり下ろされ、父を威嚇するために着ていたゾンビのTシャツもまくり上げられた。あのときのように「リアン、ヘルプミー！」と叫んだら、彼は助けにきてくれるだろうか。

「あ、これ昔俺が買ったブラじゃない？」

鬼のようだった父の顔が柔和になった。

「やっぱ大きいやつ買っといて正解だったっしょ」にんまり笑って歯を見せた。せれなはこれから夕食の支度をするつもりだった。父は娘のブラジャーを見て機嫌が直ったから、あと数分この状況に耐えたら「せれなちゃん腹ペコだよう」と言われて、起き上がることを許されるはずだ。父に背後から胸を触られたとしても、淡々ときんぴらとそぼろ丼を作っていれば、それ以上のことはされないはずなのだ。

されないはずだがもう無理だった。せれなはこれを言うことで学校に行けなくなっても、ホームレスになってもよかった。その方がまだマシだった。養育費や生活費は、大人なのだから自分でなんとかしてくれベラさん。

「キモいんだよ変態親父」

あらん限りの力を振り絞って、父を見下し、蔑んでいることを表現した。殺されるかもしれないが構わなかった。生まれ変わったらリアンの妻になって幸せになってやると思った。

「親に向かってその口の利き方は何だ！」

数年前は怒鳴る父を見て震え上がった。今でも怖い。だがリアンも妻に逃げられた暴力的な父親と戦っていた。

「てめぇが親であることを放棄したんだろうがクソジジイ！　普段私に何してんだよっ！」

自分で言っておきながら、せれなは普段父に何をされているのかわからなかった。しかし、父は雷に打たれたような顔でショックを受けている。放った言葉に効力があるのだ。今ならもっと言えると思って、せれなは続けた。

「いつもぶりっこみたいな気持ち悪いしゃべり方しやがって！　全くかわいくねぇんだよキレたらクズになるくせに！　つーかいつまでも自分のことパパ呼びで娘のことちゃん付けで呼んでんじゃねぇよ吐き気がすんだよボケカスがっ」

高校を卒業するまで辛抱するつもりだったが、こんな酒樽どころかごぼうみたいに痩せた年寄りに、今まで何を遠慮していたのだろう。

「死ね」

ようやく言えた。父の表情は固まったままだった。

「自殺しろよ」せれなの口はもう止まらなかった。

「得意だろうが、二回もやってんだから。大して血出てなかったけどな」

父はううっと苦しそうに発声して涙を浮かべた。せれなは体が熱かった。

「死んで償えよ！」

父の拳がせれなの顔面に炸裂《さくれつ》し、口の中に鉄の味が広がった。

「お前が死ねよババア！」

父は顔をシワだらけにして叫んだ。叫ぶと冷静になったのか、握りしめた拳を開いたが「お前はっ」と呟いてから再び拳を握ってせれなを殴った。口から血が垂れた。

「お前は俺のこと絶対裏切らないと思ってたのに！」父の大粒の涙がせれなの顔に降り注いだ。

「俺に抱かれながらっ、こんなやつのことっ、考えてたんだろぉ！」

父は普通の大人なら口にするのも恥ずかしい陳腐な台詞を吐きながら、せれなの顔面に拳を当て続けた。振り子のように揺れる鼻水が少しずつ伸びて接近してくるのは恐怖そのものだったが、舌を噛みたくなかったのでもう口を開かなかった。

左目の下、左目の上、左頬、せれなの顔の左半分を潰したら賞金でももらえるのかと思うほど集中的に殴りつけた。一発鼻に命中すると喉にどくどくと血が流れ込んだ。頬に拳を当てられた拍子に血をブッと吐き出すと、父は殴る手を止めた。

「あぁあ、ごめんよお」

父はせれなではなく赤く染まった自分の拳を見つめながら謝った。俺ではなくこの拳がやったのだと言いたげなポーズだった。それとも痛めつけた自分の拳に謝っていたのだろうか。どんなことも自分のせいではないのだから。

父は血と鼻水を袖で拭い、せれなに貧相な尻を向けてめそめそ泣く茶番に転じて、部屋を出て行った。居間から「手が痛いよお」と嘆く声と水が流れる音、冷蔵庫から缶ビールを取り出す音、ぐびぐび飲んで「あぁー」と漏らすのが聞こえてきて、殺意が湧いた。

尻の下に敷いていたカップスのベストアルバムからCDを取り出して顔面を確認すると、左側だけハチに刺された人間のような形相になっていた。こんな凹凸の激しい顔でリアンに会うのは嫌なのに、目を閉じると彼の声が聞こえてきた。

「セレナのほっぺはマシュマロみたいだね」

リアンはせれなの頰を軽くつねった。せれなは自分の顔の腫れた部分にそっと触れて「もぉうるさいな」と言い返して、気づけば本当に笑っていた。顔を冷やさなければならなかったが、痛みとだるさと暑さが悪霊のようにのしかかり、立ち上がるどころか這《は》うのも困難だった。

疲れたので、一人審議の結果このまま愛する人のことを考えながら、しばらくの間眠ることにした。顔中にじんじんと痛みが駆け巡り、焼け石を載せているかのように熱いのにまどろみはすぐにやってきて、もう夢から覚めなくてもいいと思った。


灼熱《しゃくねつ》の太陽の下で、カップスを見るために八万人ものファンが集った。むせ返るような人の密集地帯で、ビールで水分補給をしたつもりでいた老若男女が次から次へと気絶していった。警備係として客席をパトロールしていたせれなは、スタッフと協力して熱中症患者を救護室へ運び続けた。

そうこうしているうちに自分もパタンと地面に倒れ込んだ。リアンは愛の力で八万人の中に埋もれた恋人の異常事態に気づき、ライブを中断して飛んできてくれた。大勢の人間に囲まれてもみくちゃにされながら、リアンはせれなを抱き上げ救護室まで運んでくれた。人混みを脱出するまでひどく息苦しかった。

心地よい風を感じて目を覚ますと、視界の端にうちわを持ったリアンがいた。

「大丈夫かい？」

うれしくて彼の手に触れようとすると、水玉のブラウスのボタンが全開で、白いスカートのファスナーも下げられていることに気づいて飛び起きた。震える指先でボタンを留めるせれなに向かって、リアンは「勝手に触ってごめんね、ゆるめた方がいいと思って。僕しか見てないから大丈夫だよ」と優しく語りかけてくれた。

「まだ動かない方がいいよ。体が重いだろう？」せれなを寝かせて、救護室に積んである薄い毛布をかけてくれた。座ってタバコとライターを取り出したかと思うと、彼は慌てて引っ込めた。

「いいのに」

「姫の御前だからね」

「外で吸ってきたら？」リアンは首を横に振った。

「暑い？」と聞かれて頷くと、うちわでパタパタとあおいでくれた。

ライブを中断させてしまったことを謝罪しようとすると、リアンはそれを察したのか「大勢のお客さんが倒れちゃったからね。ライブは中断せざるを得なかったよ」と説明してくれた。それでも申し訳ない気持ちは消えない。

「ごめんね。あなたの役に立つつもりが、逆に迷惑かけちゃって」

「謝らないで。少し頑張りすぎたんだよ」

「私にも何かできることがあればいいなと思って」

「いいや、人手が足りないからといって君に手伝ってもらおうとしたことがそもそもの間違いだった。本番中も心配で演奏どころじゃなかったよ。もうこんな危険な仕事は絶対にさせない」いつになく真剣な顔だった。

「ねぇリアン」

せれなはどうしても聞きたいことがあった。

「なんだい？」

「私を運んでくれたとき、その、重くなかった？」

「むちゃくちゃ軽かったよ。何言ってるの？」リアンは眉間にシワを寄せ、語気を強めて言った。

「だって、あなたってすごくスリムなんだもん。私ただでさえ背が低いし、自分が太って見えてくるの」

「いいや、君はむしろ痩せすぎなくらいだよ。顔がシャープすぎるし、手足なんて棒きれみたいだ。無理なダイエットは絶対に控えた方がいい」

さらに強い調子で言われたので、せれなは毛布を握りしめておとなしく「はい」と認めるしかなかった。リアンはほほえみながら頷いた。

「何か食べたいものはある？」

「チョコのアイス」即答した。

「さっそくダイエットから引退したね」彼がチャーミングな八重歯を見せて笑ったので、せれなは心の中で悶《もだ》えた。

「じゃ、買ってくるよハニー」おまけにウインクと投げキッスを同時に送ってくれた。

リアンがアイスクリームを買いに行ってくれている間に、せれなはゆっくりと目を開けた。熱中症が原因か、たくさんの人間にもみくちゃにされたせいか、嫉妬したリアンの女性ファンに殴られたのか、顔の左側が腫れ上がって痛かった。

慎重に上体を起こすと、救護室ではなく自室の床の上にいることに気づいた。いつのまに帰国したのだろうか。傍らには水が入ったビニール袋が置かれていた。胸と腹と足は丸出しになっており、バスタオルがかけられていた。扇風機は二台回っていた。

そういえば父に痛めつけられたのだ。鼻や口から出た血が乾いてこびりついている。時計を見ると帰宅してから二時間しか経っていなかった。奇妙に思ってよろめきながら部屋を出た。家の中は静かだった。

廊下へ行くと玄関で父がうつ伏せになり、元気いっぱいのサボテンのように両腕を広げて倒れていた。全裸だった。恐る恐る近づいてみると頭から赤黒い血を流しており、後頭部の薄毛が血でガッチリと固まっていた。肩を揺すったり、背中をバシバシ叩いてみたが全く反応がなかった。念のため脈も取ってみたがよくわからなかった。

今のせれなには「よっしゃあ！」と飛び跳ねる気力はなかった。代わりに高くてしわがれた吐息のような笑い声がヒイヒイ漏れた。魔女のようだと愉快になり、ティッシュを持ってきて血の混ざった痰《たん》を吐いた。

ドアを開けると外は真っ暗だった。下の階からけたたましい赤ん坊の泣き声が聞こえてきたが、夜風が気持ちよかったし、月も心なしかいつもよりきれいに見えた。

父は多分死んでいる。生活費の問題が頭をかすめたが、十七歳なので児童養護施設で保護してもらえるかもしれない。それができなかったら学校をやめて働けばいい。せれなの同学年の生徒にも退学して働いている人が何人もいる。住み込みの仕事を探せばいいのだ。それにしても、父を倒してくれたのは一体誰だろうか。

「……リアン？」

彼だ。彼に違いないと思った。せれなのためなら殺人だっていとわないはずだ。リアンの行方を探すために外廊下を見回すと、ショッキングピンクのバッグとビニール袋が置いてあった。ベラさんのものだ。

せれなは裸足のまま駆け出した。外階段を下りていると、面識のないアパートの住人に呼び止められた。顔を洗うのを忘れていたので、ぎょっとされた。

七年ぶりに再会した伯母は、開口一番「せれなちゃん電話のかけ方知ってるか?」と意味不明なことを言った。当たり前だと返すと「それなら、こんなことになる前にはよ連絡してくれたらよかったやんか」とせれなを睨みつけ、うぅっと声を上げて泣いた。

ベラさんは乗用車に轢《ひ》かれて亡くなった。道路に横たわっていたところを撥ねられた。運転手は捕まった。ベラさんの顔には殴打された跡が無数にあったと聞かされた。

アパートの住人によると、あの夜ベラさんは空まで届きそうなほどの大声で外国の言葉を叫び、外廊下で全裸の父と揉《も》み合いになっていたらしい。父は隣人が趣味で置いていた植木鉢でベラさんの顔を殴り、蹴り、首を絞め、馬乗りになるとあとはせれなと同じ状況だ。住人たちは裸の男が女性を暴行する様子を見ていたが、誰も止める者はおらず、警察も呼ばなかったそうだ。

ベラさんもせれなと同様に動けなくなり、父は玄関に鍵をかけた。しかし彼女は血まみれの状態で立ち上がり、アクションスターのようにドアを蹴破った。そして靴箱の上に置いてあった灰皿で父の頭を殴打して、あの世へ送り込んだのだ。彼女の所持品のビニール袋の中には、大量の唐揚げが入っていた。透明のフードパックに詰められるだけ詰めて紫色の輪ゴムで留めてあり、せれなはベラさんが同じ街で暮らしていたことを知った。

警察署では疲れきった中年の刑事から事情聴取を受けた。せれなは父の酒癖が悪かったこと、酔っ払うと暴力を振るわれたこと、あの日は成績が落ちたのに部屋で漫画を読んでいたので怒られてボコボコに殴られたこと、気絶していたので二人の間に何があったのかは一切知らないことを話した。刑事は眉間にシワを寄せ、部下の男と顔を見合わせてから「痴話喧嘩に巻き込まれて大変だったねえ」と哀れんでいるのか呆れているのかわからない調子でせれなに言った。

帰りに薄暗い廊下に座っていたベラさんの家族と何故か対面させられた。青い瞳の女の子と、黒ひげを生やした三十歳前後の青い瞳の男がいたので、女の子が誰の子どもなのかわからなくなったが、別にどうでもよかった。仕送りをしていたという母親の姿はなかった。

父は金すら残さなかった。せれなの養育費だけではなく、ベラさんの子どもの分も払っていたので当然だ。あとは酒代などに消えていた。霊安室に安置された父の顔に「この暴力親父」とリアンが唾を吐きかけてくれたのが唯一のなぐさめになった。

現場検証では、こんなことが起きていたのに本当に一度も目覚めなかったのかと執拗《しつよう》に問われた。父と同世代の男たちから一斉に疑惑の目を向けられて「こっちはクソ暑い中ライブ会場で働いてたんだからわからないっつってんだろ」と怒りを爆発させそうになった。しかし、付き添ってくれた伯母が「悲しいことを無理に思い出させせやんといてください」と訴えて、騒動は幕を閉じた。

イギリスの孤児院に行きたかったのだが、結局伯母の家に引き取られることになった。転校の手続きが面倒なので高校に行くのをやめて働きたいと言うと、伯母は反対しなかった。


せれなは伯母に与えられた部屋で、荷ほどきもせず横になっていた。頭が痛かったのだ。

するとと伯母がおもむろに部屋に入ってきた。話したい気分ではなかったので寝たふりをしていると「せれなちゃん、もしかしてお父さんに変なことされてたんか?」と聞いてきた。せれなはガバッと起き上がった。

父とのことは警察にも伏せていた。一体どこから聞きつけてきたのか。まさかあいつが自分の姉にべらべらしゃべったのか。

「おばちゃんは誰にも言わへんよ」

伯母の声は落ち着いていた。顔は青ざめていたが、目はしっかりとこちらを見ていた。せれなは混乱する頭で必死に言葉を探して「……一回だけ、触られたことある。あと、変なビデオ見せられた」と答えた。

それだけ、とぽつりと言うと、伯母は嚙みつくように「回数の問題とちゃうやろ」と言った。怒っている。だがせれなを責めているわけではないようだった。ひょっとすると話を聞いてもらえるのかと心を開きかけた瞬間、伯母は「このこと、外では絶対にしゃべりなや」と告げた。すっと立ち上がって部屋を後にした。有無を言わせない迫力に満ちた口ぶりは神のお告げのようで、せれなは何も言えなかった。

食事を用意されても手をつけず、しばらく部屋に閉じこもって眠る日々を過ごすと、それからはやけに同情的になった。せれなを見ると瞳をうるませながら「かわいそうになぁ」「最低な親やなあ」「怖かったやろ」と言うようになった。全てが役に立たない言葉だった。伯母は無神経だった。

せれながビルの清掃の仕事を終えて食事の席に着いたときにも「もっとお化粧したりオシャレして、友達と遊びに行ったらどうや？　今が人生で一番輝いてるときやねんで？」と深刻な顔つきで言ってきた。「しゃべんなクソババア！」と箸を投げつけてやろうかと思った。


外でも家でも聞かされる関西弁に馴染めないせいか、せれなは眠れない日々を過ごしていた。ずっと起きていると何度も腹が鳴った。

こうして夜中になると冷蔵庫の食材を漁る癖がついてしまった。居候という立場で申し訳ないと思いながらも、食べることを止められなかった。伯母も容認しており、取り出してすぐに食べられる食材が常備されていた。

まずは魚肉ソーセージの包装フィルムをはがして二口で食べ、摑みとった三角のチーズとちくわとふかし芋を口の中に一気に詰め込んだ。それらをコーラで流し込んで汚いげっぷをすると「セレナ食べすぎだよ」とリアンが止めてくれた。あの事件以来、彼はずっとそばにいてくれている。

「うん知ってる！　パトリシアみたいに胸を大きくしたいからたくさん食べるの！　あなたはそういう女の人の方が好きでしょ？」

せれなは冷蔵庫の中に向かって話し、ニカッと笑った。リアンにはしたない姿を見られて決まりが悪くなり、食べるつもりではなかったプリンまで開封した。

「たくさん食べてもお腹を壊すだけだよ」せれなの髪を耳にかけながら優しくささやいてくれた。

「壊れていい。じゃないとどんどん太るから」本当にどんどん太っていったのだ。

「もう寝なさい、そばにいてあげるから」リアンは冷蔵庫のドアを閉じて、せれなを部屋に連れて行ってくれた。

枕元では「マリーゴールド」を歌ってくれた。「君のために作った曲だよ」と言ってくれた。

学校へ行かずに真面目に働いたせれなは、高校を卒業する年齢で上京することにした。エプロンを着けたまま駅まで見送りに来てくれた伯母は、お手製の弁当と大量の魚肉ソーセージを持たせてくれた。

今にも泣き出しそうな顔でガッツポーズをした伯母は「せれなちゃん、負けるなや！　頑張ってたらきっといいことが巡ってくる！　世の中はそういう風にできてるからな！」と叫んだ。行き交う人々がせれなたちを見た。

恥をかいたので、伯母がいつも着けているピンク色のバラ模様のエプロンを「全然似合ってねーぞ」と言ってやろうかと思ったが、一応住む場所と食べ物は与えてもらったので呑み込んだ。

せれなはどうにか2DKの部屋を借り、夢にまで見たリアンとの同棲生活を始めた。

和菓子工場のアルバイトに精を出し、一年後に正社員になった。かけもちしていたパン屋の給料の方が高かったのだが、人気商品のココナッツミルクのパンを製造するたびに「セレナから変な匂いがする！」とリアンが嫌がるので、辞めざるを得なかった。甘い物は好きなのに、あの独特の匂いが受け付けないらしい。

髪色に規定がない職場だったので、せれなはパトリシアを目指して美容院で金髪に染めてみた。ところが同僚たちに散々馬鹿にされ、早急に市販のカラー剤でリアンと同じチョコレート色にした。それも似合っていないと不評だったが、同じライン作業を担当している一歳上の稲村《いなむら》さんだけは「こないだのよりいいじゃん」とほめてくれた。

せれなはしばらくの間気分よく過ごしていたが、あるときリアンに「髪色なんて変えなくても、そのままの君が一番素敵だよ」と愛の言葉をささやかれてしまい、結局黒に戻した。

朝、せれながみそ汁を作っているとリアンが起きてきた。彼は早起きする必要がないのだが、一緒に朝食をとるために合わせてくれているのだ。

「グッドモーニング」

リアンは六時から爽やかで、身だしなみもバッチリ整っている。

「おはよう」

「今日のミソスープは何が入ってるの？」

「しじみ」

「えー。トーフじゃないのかい？」リアンは豆腐派、せれなはわかめ派だった。

「お酒が好きなあなたにぴったりの具材よ」

リアンがミソスープを飲んでいる間にごはんをよそっていると「オゥ！　ジーザス！」と悲痛な叫びが聞こえてきた。

「え、どうしたの!?」後ろを向くとリアンは舌を出していた。

「貝の中から砂が出てきたよ」砂抜きが十分ではなかったのだ。

「やだ、ごめんなさい私ったら……」

作り直すため汁椀《しるわん》を引っ込めようとすると、リアンはせれなの手をそっと握ってくれた。

「気にしないでハニー。味はとてもおいしいんだ。ただ砂浜に鼻の下まで埋められた四歳の頃を思い出して動揺しただけさ」

「誰がそんなひどいことしたの？」

「兄さんだよ」

リアンはそれ以上何も語ろうとはしなかった。

給料が支給されると、せれなはチョコレートのアイスクリームを箱買いして毎夜食べた。初任給をもらったときから続けている悪習だ。

リアンも一緒に食べるので、買い溜めしてもあっというまになくなってしまう。テーブルに空のカップを山のように積んで「おなかいっぱい」と腹を叩くと、ブラウスのボタンがはち切れそうになっていることに気づいた。

薄汚れたピンク色の手鏡を見てみると、七福神の中にいそうな人間が映っており言葉を失った。弾力のある頬をさすりながら「リアン、私太った?」と聞いてみた。

リアンは困ったように首を傾げて「僕はそのくらいが好きだよ」と答えた。否定していない。伯母の家で冷蔵庫を漁っていたときによく聞いていた「その華奢《きゃしゃ》な体のどこに入るんだい?」という台詞もめっきり言われなくなった。

それにしても同じ量を食べているのに、リアンは何故スリムな体型を維持できているのだろうか。きっと体質の問題だろうとあきらめていると、彼は筋力トレーニングをしているからだと種明かしをした。

「特に腹筋を鍛えると歌が上手くなるからね」

リアンは床に寝転んで腹筋を始めた。とても絵になった。連続五百回をこなしても全く息を切らさず、頭だけ上げて「セレナもやってみなよ」と勧めてきた。せれなは「あー」と漏らして下を向き「私、腹筋するのはちょっと」とごまかした。

「頑張る君が見たい！」

彼からの要望は断れず、せれなは腹筋をするために渋々仰向《あおむ》けになった。すると天井から楕円形《だえんけい》の黒い物体がふよふよと飛んできた。黒い物体はせれなの腹の上にペッタリ張りつくと、瞬《まばた》きよりも早く人間のシルエットになった。徐々にやわらかい粘土のような質感になり、黒色から肌色へ変化する過程を見ているうちに、せれなの口の中は嘔吐物であふれかえった。「セレナ?」

「グエッ、ゲッ、ゲェエエ」トイレに駆け込んで嘔吐した。

タンクの手洗い管で口をゆすいでドアを開けると、リアンが心配そうな顔で立っていたので恥ずかしかった。

「大丈夫かい？」

せれなは部屋中を見回した。誰もいなかった。

「ごめんよ。僕が無理に腹筋をやらせてしまったばかりに」

背中を撫でてくれた。仰向けの姿勢になるのが苦手なことを、リアンには話していなかったのだ。

「布団敷いておいたよ」

「あ、ありがとう。ごめんね」昨日から敷きっぱなしだったような気もするがありがたい。

「ユア、ウェルカム」

リアンはせれなの枕元で、ベストアルバムに収録されている曲を七曲も披露してくれた。アカペラで熱唱しているのに不思議と演奏も聞こえてきた。歌い終えて拍手を送ると、彼は「どんどん動きづらそうなデブになっていくね」と言った。

「えっ？」

「愛してるって言ったんだよ」

リアンはいつものようにせれなの髪を優しく耳にかけてくれたが、悪寒がした。

ある冬の朝、使い始めてから七年が経過した暖房器具が故障した。上京した年に商店街の抽選会で手に入れたものだ。給料日はまだ先で、買い替える金もなかった。

　毛布にくるまったリアンはくしゃみをしてから「資産家の老人を架空の保険に加入させてひと儲《もう》けしよう」とたちの悪いジョークを言った。ニコニコしているが、明らかに寒さに苛立《いらだ》っている。そこでせれなは「それいいわね。でもあなたが一曲書いてくれるだけで年中快適に過ごせる家に引っ越せるんだけど」とさりげなく願望を口にした。すると彼はもう誰にも弱音を吐けない世界に戻るのは嫌だと答えた。

「一人でツアーに出てもきっと赤字だよ。ファンは年々減っているからね」

　すっかり落ち込んでしまった彼のために「あなたに私が蓄えた脂肪を分けてあげられたらね」とジョークを言った。楽しそうに笑ってくれたが、フォローはなかった。

　夕食の後片付けをしていると、テレビでテニスの試合を観ていたリアンが横に立って「カーリーヘアにしてみたらどう？」と突然提案してきた。

「どうして？」と聞き返すと「髪にボリュームがある方がスリムに見えるよ」と笑顔で言われた。せれなは凍りついたが「オリバーは髪ボンバーでも太って見えたわよ……」と、どうにか言葉を見つけることができたのだった。


ある日、せれなは古本屋で小学生の頃に読んでいたリアンの伝記本を三百七十円で購入した。同棲していても色々と知らないことがある。

ところが、暇を見つけて読もうとするとリアンが血相変えて本を取り上げてくる。「ダメダメダメ！　人のプライバシーをのぞき見しないでよ！」

「別にいいじゃない。見られて困ることでも書いてあるの？」

「君だって日記を勝手に読まれたら嫌だろう？　読んだら冷凍庫のアイス全部食べるからね」

いつもこんな感じだ。先日は「エッチ！」と怒られた。よほど知られたくないことが書かれているのか。こうも嫌がられるとますます内容が気になった。

「ねぇセレナ、シャツのボタンがとれちゃったから直してよ」

「えー、またぁ？　いっぱい服持ってるんだからいいじゃない」

「お気に入りなんだ」初来日の記者会見のときに着ていたシルクのシャツだった。せれなもお気に入りだ。

「わかったわかった。お風呂上がったらやってあげるね」本をこっそりバスタオルにくるんだ。

「じゃあ僕は湯上がりの君に捧《ささ》げる曲をこしらえておくよ」

リアンはせれなが彼の誕生日にプレゼントしたアコースティックギターを愛用してくれている。リサイクルショップで二千円だった。せれなもリアンに教えてもらい、少しだけ弾けるようになった。指が痛くてたまらなかったが、つたない演奏をにこやかな顔の彼に聴いてもらう時間が好きだった。音楽に夢中で取り組んでいた頃の自分を重ね合わせているのかもしれないと思った。

せれなは脱衣所に鍵をかけて裸足になり、風呂場の椅子に座って本を開いた。目次を見ると後半部分の見出しには「不倫」「離婚」「薬物依存」「独裁者」などの不吉なワードがずらりと並んでいる。

実は小学生の頃から気づいていたのだが、できるだけ見ないようにしていた。

ようやく向き合うときがきたのだ。

シャルロット・ブーケは、世界的に有名なフランスの歌手だ。ささやくような甘い声で激しい愛の歌をうたって聴衆を虜にし、日本ではシャンソン界の天使ともてはやされていた。

リアンよりも五歳年下の彼女は背が低く華奢で、白い肌につぶらなグレーの瞳を持ち、栗色のベリーショートがトレードマークだった。グラマラスなパトリシアとは正反対の女性だ。

恋多き女としても知られており、よりによって実妹の夫と長年不倫関係を持っていた。既婚者相手に「会った瞬間に運命を感じたの」などと寝ぼけたことを言うのが戦法らしく、どこかせれなの母親と通ずるものがあった。

リアンは彼女のファンでもあったらしく、二人はジャムセッションを機に急接近した。「君とはジョークのセンスが似ているね」「あなたほどホットな男に出会ったことがないわ」などのやりとりの後不倫旅行に出かけて、リアンはパリに豪邸を建てた。

二人の関係は瞬く間に世間の知るところとなり、豪邸からひょっこり姿を現したシャルロットは堂々とマスコミのインタビューに応じた。「彼は結婚していることを申し訳なく思っていたんだけど、私はそんなこと気にならなかった。男と女が惹かれ合ったなら、どんな関係でも構わないわ」と、期待通りのコメントを残した。

娘と共にイギリスに残されたパトリシアは当然の権利として憤り、マスコミを通して「その台詞、十年後言ったことを後悔するわよ。三十二歳になったら誰も笑ってくれないからね」と批判した。彼女は以前からシャルロットを嫌っており、ピュアに見せかけて底意地の悪い女と見立てていたのだ。

こうして離婚の準備をしながらフランス語を上達させていったリアンだったが、麻薬を所持した罪で逮捕されてしまう。同じ時期にマックスも同じ罪で逮捕されたが、二人ともすぐに釈放された。

この一件はシャルロットを怒らせ、二人はあっさり破局を迎えたのだった。マスコミのインタビューに応じたシャルロットは「彼が愛していると言ってきたから私も愛したのよ。それなのにいつまで待っても離婚してくれない！　催促したら彼はすごく怒って、パトリシアの悪口を延々聞かされるだけだった。こんなの時間の無駄よ、最初から相手にするんじゃなかった」と激怒した。

リアンは君を愛していたのに何故中々離婚しなかったのかというインタビュアーの質問には「親権を巡って争っていたのよ。娘を手元に置きたかったの。大して面倒も見ていなかったくせにね」と答えた。

せれなは妻子をないがしろにしてこんな女になびいてしまったリアンに幻滅した。

彼に幻滅したのはパトリシアとシャルロットも同様だった。パトリシアはプロポーズ、シャルロットは交際を申し込まれたとき、どうやらリアンは二人に全く同じ口説き文句を使っていたようなのだ。

まずリアンはしこたま酒を飲み、バンドの人気がいつまでもつのかわからないと心情を吐露する。次に「本当は才能がない」「普段の僕は無口で女々しくてつまらない」と卑屈になり、自分が子どものように傷つきやすい人間であることを二時間かけて説明する。相手が辛抱強く聞きながら励ましていると「僕は君に釣り合うような最高の男じゃないけど、君を愛しているんだ」と赤面しながら愛を告白する。はにかみ、伏し目がちになり、髪をかき上げる。

　ここまでは仕草まで全く同じで、違う部分は「僕と結婚してほしい」と「結婚してるけどいい？」という文句だけだった。味を占めて使っているのは火を見るより明らかだった。

　パトリシアは浮気をされたことよりも頭にきたらしい。シャルロットは「あのときはなんてかわいい人なんだと思ったわ。でも本性はクソだった」と思いをぶちまけた。パトリシアはさらに「あいつは顔がいいだけでアホみたいにナルシストよ」と付け加えた。

　リアンを罵倒するときの二人のコンビネーションが抜群であることが、インタビューから伝わってきた。

　シャルロットに捨てられ、パトリシアとも離婚したリアンを待っていたのは、元妻から請求される莫大《ばくだい》な慰謝料だけだった。彼は以前にも増して薬物に依存するようになっていった。

元々リアンと薬物を引き合わせたのはマックスだった。カップスに加入したばかりの頃、ドラッグの帝王と呼ばれる大学の仲間からもらったものを三人に勧めた。ジムとオリバーは関心を示さなかったが、リアンは興味本位で試してみた。しかしその後ひどい下痢に苦しみ、性に合わないと拒否したそうだ。

常用が始まったのは最愛の人を立て続けに亡くした頃からだ。何度も試しているうちに気分が落ち着き、ツアーで酷使していた喉の痛みも和らいだので、メンバーには痛み止め代わりと説明していた。パトリシアと結婚した一九七六年頃は一人でこっそり使っており、シャルロットと不倫していた一九七八年頃には、コミュニティに属してどっぷりと浸《つ》かっていた。その中にまともな人間はおらず、奇行が目立ち、心身共に衰弱し、彼は孤立を深めていった。やがて独裁者へと変貌していったのだ。

一九七九年におこなわれた九十四公演にも及ぶワールドツアー中、何度もバンド解散の危機が訪れた。

このツアー中にマックスの右手首の腱鞘炎《けんしょうえん》が悪化したり、ジムがストレス性の胃炎を発症したりした。オリバーは「一人でゆっくり鼻クソをほじる時間さえない最低最悪のツアーだった。リアンも暴君ぶりを極めていた」と不満を述べている。

ツアーが始まって間もない頃に喉を痛めてしまったリアンは、サンフランシスコでの本番直前に「歌わない」と突如中止を命じた。自分以外の人間が反対すると「リアン・ノートンのクローンを作ってそいつに歌わせろ！」と怒鳴り、三十分もの間楽屋に閉じこもったという。その間三人はスタッフと話し合い、過去のアルバム曲のインストゥルメンタルでつないだ。

その後もリアンは懲りることがなかった。ピアノを弾きたくないので代わりの者を呼べと規律性に欠ける発言をして周囲を困らせた。望み通りはるばるドイツからシカゴまで呼び寄せた二十歳の新鋭ピアニストを「未熟者」という理由で解雇した。

またある日、バーで泥酔した彼は人々が見ている前で窓ガラスにパンチをお見舞いして利き腕を負傷した。十七針縫う羽目になり、皆から叱責されて痛み止めを打ちながらピアノに向かうと宣言したが、結局以前から親交があった女性ピアニストをツアーに同行させることになった。リアンは彼女と関係を持ち、妊娠まで発覚した。ピアニストはツアーの途中で姿を消したが、彼は目につく女性スタッフを口説くことをやめなかった。

さらにリアンは、マックスの取り巻きの当時十四歳の少女にも手を出した。少女が本当は自分のファンで、マックスを経由して近づこうとしているのを見抜いていた。嫉妬深いマックスの目を盗み、リアンは少女を街へ連れ出した。憧れのロックスターから指名を受けた彼女は、自分のような子どもを相手に選ぶ大人の異常性に気づくはずもなかった。

帰り道、有頂天になった少女はすたすた歩く彼を必死に追いかけながら「責任とって結婚して」と詰め寄った。唐突かつ無計画な求婚を鼻で笑ってみせたリアンは、年々研ぎ澄まされる毒舌で年端もいかない少女の自尊心を破壊した。リアンの弁舌については、同じ毒舌家のオリバーも「彼の創作物の中で一番好きなのが罵詈雑言《ばりぞうごん》だ」と評価している。

少女は泣きわめいても無視をされ、治安の悪い夜の街に置き去りにされた。その後故郷に帰るための交通費をマックスにせびった。事情を知ったマックスはリアンに請求するも断固拒否。二人は自身が世界的にリッチなロックバンドの一員であることを忘れて、交通費の支払いをなすりつけ合う大喧嘩を始めた。そのうち傍観していた残りの二人も加わり、口論はヒートアップした。このときの喧嘩は、カップス史上最大の解散の危機だったらしい。

その後もリアンはツアーをこなしながら周囲の人々に無理難題を押しつけ、ねじれた女性問題を提供し続けた。咎《とが》められても「嫌ならクローンを用意しろ」の一点張りだった。

見かねたジムは、マネキンとカツラを自腹で購入した。裏方のスタッフに協力をあおぎ半日かけてメイキャップして、ステージに立たせた。リハーサルに現れたリアンにそれを見せながら「どうだ、欲しがっていたクローンができたぞ。彼は寡黙で女性が苦手だから、歌うことだけに専念してくれる。お前は帰っていい」と告げた。ジムはマネキンを動かしながら「うん、兄さん！　今日も演奏頑張ろうね！」と裏声で言った。全ての言動を他動でおこなうハンドメイドのクローンと、中途半端な腹話術師と化した兄を見て以降、リアンの素行はいくらか改善されたそうだ。

オリバーはジムのメンタルを心配した。案の定彼は胃炎に苦しんだ。マックスはリアンに少し似ているマネキンに殴る蹴るの暴行を加えて憂さ晴らしができた。ジムは「あの時期のリアンは体も私生活もボロボロだった。頭にきたが、ツアーを投げ出さなかっただけえらい」と語っている。

どうにかツアーを終えたリアンは、イギリスに帰るやいなや巨乳の娼婦を自宅に招き入れた。自分の両胸に風船を詰めて「僕の方が大きいよ！」と対抗し、ベッドの上で飛び跳ねながら互いのバストをぶつけ合うという、アホな遊びをした。また、彼は取り巻きの女性たちの名前をよく間違えており、自分が覚えやすいように全員同じあだ名で統一していたらしいが、それも呼び間違えていたという。

パリで暮らしていた半年間は少年に熱を上げていた。路上でぼんやりガムを噛んでいる少年たちをスカウトしてくるよう付き人に命じ、何人かは一人暮らしの豪邸に住まわせていた。

本人は貧しい子どもに金や高級菓子を与えて優越感に浸っていただけだと主張

しているが、日本で購入したふんどしを彼らにあてがっていたことが発覚した。自らもふんどし姿となって少年たちと相撲の如くぶつかり稽古をしたり、追いかけっこをしたり、挙げ句の果てにはふんどしを脱ぎ捨てて日本で覚えたという舞を披露していたことも暴露された。

そのときのことを書いた曲が「Blue Fighter」であることを、せれなは本当に知りたくなかった。名曲だと思っていた。以来曲を聴くとリアンがふんどし一丁でピアノを弾く姿しか思い描けなくなってしまった。

せれなは夢中になって読みふけり、そっと本を閉じた。

長年にわたり築き上げてきたリアン・ノートン像からあまりにもかけ離れた内容に、動揺を隠せなかった。今までこんな人が好きだったのかと思うと、恥ずかしさと怒りでいっぱいになった。せっかくの休日を台無しにしてしまった怒りも相まって「最低最悪のクソ人間やんけ……」と不適切な言葉が口から飛び出した。足もすっかり冷たくなっていた。

脱衣所を出ると「ンーンー」とハミングしながらアコースティックギターを奏

でるリアンがいた。

「いい湯だったかい？　ダーリン」百戦錬磨の笑顔を向けてきた。何がダーリンだ馬鹿野郎。

せれなはリアンからギターを奪い取り、起立を命じた。「うん？」彼の背中をぐいぐい押して歩かせた。「どうしたのセレナ。君が思いのほか長風呂だったから中々凝った曲ができたよ」玄関まで辿《たど》り着くと、靴箱からつま先のとがった革靴を取り出して放り投げた。「セレナに夢中ってタイトルのバラードなんだけど、先にデート行く？」全部無視して、靴を持たせてドアを開けた。

「ちょっと一人になりたい気分なの。悪いけど出てって」こうしてリアンを閉め出した。ドアは三十分近くノックされ続けた。

フライパンでハムと玉ねぎを炒め、二合分の白飯を投入し、塩コショウとケチャップで味付けをした。冷蔵庫を開けて卵を四個取り出したときに、二人分の夕食を作ろうとしている自分に気づいた。さらにあることにも気づいた。

「なんで家事やらないのあいつ……」

料理、掃除、洗濯、ゴミ出し、食材の買い出し、彼が毎朝飲む紅茶の用意でさえ、全てせれながおこなっていた。家賃、食費、光熱費諸々の生活費を入れてくれたことも一度もない。

「私が養ってるのによお！」菜箸をシンクに叩きつけた。

食べるだけ食べて食器も下げないし、カレンダーすらめくらない。ヒモだ。先日テレビの特集で見た「ヒモ男」の条件にリアンはぴたりと当てはまる。「彼の歌がダメになったときに私が養えるようにしておかないと！」などと思っていたが、いつも気の毒になるほどダサい曲しか書かない。あの男は毎日一体何をしているのだ。しいて言うならテニスの試合はよく観ている。メラメラと燃えさかるような怒りが込み上げてきた。熊だったら咆哮《ほうこう》を上げているところだ。

数時間後。金も持たずに外へ出たリアンが腹を空かせて万引きや食い逃げをするかもしれない。逮捕されたらこれまでの犯罪歴が明るみに出て、同居人である自分も取り調べを受ける羽目になるかもしれない。という結論に至ったせれなは、仕方なく探しに行くことにした。

何かにぶつかってドアが開かなかった。隙間からのぞくとリアンがうずくまっていた。ほかに行くところがないのだ。

ポチャン。ポチャン。

一個二個どころではない、これで七個目だ。彼が角砂糖を高い位置から落とすたびに、ティーカップの中身が勢いよく食卓に飛び散った。

「リアン、紅茶に砂糖入れすぎ」

「んー？」食卓に肘をつき、両手から交互に角砂糖を落とすリアンが、気だるそうに反応した。家を閉め出されて以来ずっとふてぶてしい態度をとっている。

「僕が何個砂糖を入れようと、君の紅茶の味は変わらないよ」

かわいげのないことを言って肩をすくめた。癪《しゃく》にさわるポーズだ。

「それならいっそのことシュガーポットに紅茶を注いだらどう？」

せれなの会心のジョークを聞き流したリアンは、紅茶に八個目の角砂糖を落としてみせた。体に悪いと指摘すると、せれなの顔を見つめながら紅茶を飲み干してみせた。口の周りについた砂糖をなめとり、ひと息ついてから彼はこう言った。

「とっくに体にガタはきてるさ。レコーディングを終えたらツアー、帰ってきたらまたレコーディングって生活を十年近く送ったからね。疲労寝不足ストレス、それを忘れるための酒タバコドラッグの過剰摂取、そして依存症。私生活はボロボロさ。おまけに僕甘党だしね。どうせ長生きできない、そうだろう？」

「何をイライラしているの？」

「僕はいつもこんな感じだよ。なんせ世界一の嫌われ者だからね」

「いじけてないで何があったのか話してよ。私とあなたの仲でしょ？」

リアンは少しの間黙った。それからせれなに質問した。「どうしてキスすらしてくれないの？　僕たち交際をスタートさせてから、もう十五年も経っているよ」

交際十五年。つまりせれなは二十七歳になるのだ。確かに互いの関係性からも歳月の流れを感じさせられる。あれほどおしゃれに気を遣っていた彼が、今ではせれなとおそろいの上下グレーのスウェットを着るようになっていた。それだけではない。お姫様に嫌われたくないと言ってせれなの前では決してタバコを吸わなかったのに、スターのたしなみなどと言い訳をして先ほど一箱空にした。おまけに無許可でしょうゆ皿三枚を灰皿代わりに使っている。満月に照らされたウッドデッキでの初デートは、あんなにもロマンチックだったのに。

「もうそんなになるんだね。うーんでも、それは愛情表現の問題でしょ？　別にキスしなくても仲良くやれてるじゃない。あ、クッキーあるんだ食べる？」

せれなは立ち上がり、戸棚の中からリアンが好きな徳用のクッキーを取り出した。

「なら質問を変えようか。どうして僕に今まで話してくれなかったの？」

「何を？」

「君の父親とのこと」

「なんのこと」

「とぼけたって無駄だよ。僕は最初からずっと見ていたんだ」

「私ならあなたとずっと一緒にいましたが」何故か事務的な口調になってしまった。

「そうだった？」

記憶が曖昧な彼のために、せれなは人差し指を立てて説明を始めた。

「ほらっ、カップスのヨーロッパツアーに私同行してたでしょ？　ライブの後ローマ観光してすんごい楽しかったし、一緒においしいピザ食べたよね？　あなたってば店員さんにヤキモチ焼いて！　あと、休みの日はあなたの家でカレー作って食べたりしたじゃない。誕生日プレゼントにかわいいパジャマくれてうれしかったよ」

「そんなことしたかい？」

悲しくなるほどの苦笑いを向けられた。

「ちょっとなによ、覚えてないの？　あなた忘れっぽいもんねぇ」

なんてことない調子でリアンの二の腕を叩こうとしたが、するりとかわされた。

「それは一体いつの話？　僕は気軽にローマを観光できる身じゃないし、ましてや君を家に招いてカレーをごちそうになるなんてありえないよ」

「どうして？」

「僕の妻はパトリシア・ロボ一人だけだよ」

「待って。それなら、私とあなたの関係ってなんなの？」

リアンとパトリシアはとっくの昔に離婚しているはずだ。

「ああ、ひょっとしてツアーのとき取り巻きの中にいたのかい？　それなら大勢いるから覚えがないはずだよ。というか、君パスポート持ってたっけ？」

せれなは取り巻きの中にいなかった。パスポートも持っていなかった。リアンが連れ出してくれるから、そんなものは必要なかったのだ。

「ねえ、さっき最初からずっと見てたって言ったわよね」

自分でも聞いたことがないような低い声が出た。

「見てたなら何ですぐに私のこと助けてくれなかったの？」

リアンはしばらく黙ってから「君を愛していないから」と答えた。せれなは能面のように顔が動かなくなった。

「僕も聞いてもいいかい？」

「え？　何を聞くの？」悪い予感しかしなかった。

「本当は感じていたんじゃないの？」

「……な、なになにに、なななに言ってるの？」

「違うのかい？」

「そんなわけないでしょ？」

「……どうだろうね」

「何でそんなこと疑うの？　おかしなこと言わないでよ」

「気味の悪い女だ」

「何でそんなひどいこと言うの!?　さっきの質問に答えるけど、私があなたと一度もそういう関係にならなかったのは！」

「君が汚いから？」リアンは嘲笑した。

「やめてよ！」

「おお怖い、日本の女性からは品性が感じられないね」

彼の笑った口元から泥色の八重歯が見えて鳥肌が立った。

「私がどれだけ嫌だったと思ってるの!?　死ぬほど痛いし死ぬほど気持ち悪いし臭いし、殺されそうにもなったんだよ？　ねえ、仮に私が感じていたとしたら、あいつは無罪なの？　何も悪くないわけ？　何でそうなるの？　あいつ私の父親なんだよ？　しかも実の親なんだよ？」

「彼はすでに亡くなっているから反論できない。君のヒステリーにはうんざりだよ」

せれなはシンクの下から包丁を抜き取り、振り返ってリアンの脇腹を刺した。

リアンは血を流してうつ伏せの状態で倒れ込み、元気いっぱいのサボテンのように両腕を広げた。ところが、数秒後ケロリとした様子で起き上がった。

「そういえば君は父親からもらった金で僕の作品を買っていたよね」

「……それがなによ」

「男に体を売って金を稼ぐ」リアンはわざとらしく言葉を切った。この先何を言われるのか理解したせれなはティーカップを手にとった。

「君はまるでしょ――」

リアンの顔面めがけてティーカップを投げつけたが、壁にぶつかって割れただけだった。

「縛られたり、凶器で脅されていたわけじゃないんだ。本気で抵抗しようと思えばできたはずだよ。君はそれを一度もしなかった、ただの一度もね」

「あんたに私の気持ちなんてわかるわけない！」

今度はリアンの頭をフライパンで殴った。ガンと大きな音がしたが、それでも許せなかった。

「私が汚いならあなたはもっと汚れてるわよ。今まで散々浮気してたじゃない、それもたくさんの女と。未成年の子たちにも平気で手出したりして！　パトリシアがかわいそうよ。……まさかあなた、ドロシーにも何かしてたんじゃないでしょうね？」

リアンは不快感を露わにした。「人聞きの悪いことを言わないでくれよ。僕は確かにクズだけど、近親姦《きんしんかん》なんて理解不能な行為に及んだことは一度もないよ」

せれなはわずかに安堵《あんど》した。これだけはずっと気がかりだったのだ。リアンは蔑んだ眼差しでこちらを見ていた。

「なによその顔は。ホントに私の言ってることが信じられないの？」

「そんなに嫌だったなら、大声を出して隣人にでも助けを求めたらよかったんだ。……壁が薄い住まいだったから、隣人も気を遣っただろうね」

「シャルロットに捨てられたくせに！」

リアンの口を両手で押さえたが、すぐに振りほどいてペラペラしゃべり続けた。絶対に言ってはならないことを言ってでも、この男を黙らせたかった。

「あなたが浮気ばっかりするのは、アリサのことが忘れられないからでしょ」

リアンは真顔になった。せれなは彼にカーリーヘアにしてほしいとねだられたり、自分で引きちぎったシャツのボタンを直してほしいと頼まれたり、一緒にテニスを観ることにうんざりしていた。

「パトリシアもシャルロットも……私も、みんなアリサの代わりなんでしょ？」

リアンは目をそらした。自分だけはそうではないと思いたかった。

「あんたはアリサの幻をずっと見てるのよ！」

リアンは恐ろしい顔になって、せれなの顔を拳で殴った。衝撃とショックで床に倒れたせれなの上に乗り、拳を顔面に当て続けた。休みなく攻められ、もう目を開けることもできなくなった。

「せれなぁ」

これはリアンの声ではない。ねっとりとした声音に悪寒が走ったせれなは、目をこじ開けて正体を確認した。そこにいたのはリアンだったが、チョコレート色の髪が段々と黒く染まっていき、若く美しいイギリス人から眼鏡をかけた冴えない中年の日本人へと姿を変えた。ウエストのゴムが伸びきったスウェットを脱ぎながら「久しぶりだねぇ」と、せれなに向かって挨拶をした。

「ねえお父さん」

せれなは父にずっと聞きたかったことがある。

「何であんなことしたの？」

父は一瞬のうちに姿を消した。辺りを見渡したが、リアンもいなくなっていた。せれなはほうきとちりとりを持ってきて、割れたティーカップの片付けをしようと起き上がった。手に怪我をしないためにクローゼットの中から軍手を取り出し、破片を踏まないよう気をつけながら玄関までスリッパを取りに行くと、誰かがしきりにドアを叩いていた。


隣人のバンドマンにこっぴどく叱られたせれなは、平謝りに謝った。以前から話し声や歌声がうるさいと注意を受けていたのだ。ところが今回ばかりは見逃してもらえず、その夜大家からアパートを出て行くように告げられた。

そんなときに伯母がせれなの様子を見にやってきてしまった。年季の入った黒のライダースを苦しそうに着用するせれなを見るやいなや「あんた肥えたなあ！どこのおっちゃんかと思ったわ！」と騒ぎ、一言も口を利きたくなくなった。

ファーストフード店のカウンター席に座り、近況を話した。伯母は「せれなちゃん、よかったらまたおばちゃんたちと一緒に暮らさへん？」と提案してきた。

「実の親じゃないからとか、そんなこと気遣わんくてええねんよ。一緒に暮らした時期は短かったけど、あんたのこと自分の娘みたいに思ってるから」

「彼氏と別れて荒れてただけだから心配しないで」と言うと、伯母の表情がわかりやすく華やいだ。「若いんやからそういうこともあるわ！　はよ仲直りしやな」とせれなの肩をバシンと叩いた。これが痛いのだ。

「せれなちゃんはお父さんとは違う。あんなろくでもない親は踏み台にしたれ！　絶対あいつより立派になったるって強い気持ちを持って生きてったらええねん！」

せれなは真剣に聞いているように装ったが、ここのコーヒーまずくなったなと考えていた。

「ただ、結婚は早いことした方がええよ。じゃないとあんた売れ残るで」と、いつもよりも低くて小さな声で告げた。

「おっちゃんも心配しとったから、またいつでも電話してな」

おっちゃんというのは伯母の夫で、新聞ばかり読んでいた人だ。一緒に住んでいた頃もほとんど会話した記憶がなく、顔よりも先に新聞の見出しや天気図が出てくる。

いつだったか、せれなが朝食の席に着くためふすまの引き手に触れると「なんであんなことしたんやろう源一《げんいち》」とため息まじりの伯母の声が聞こえて、反射的にその場で立ち止まった。

「おもちゃこうたったり、怪獣ごっこしたりして子煩悩やったのに。そりゃあの家族の全てを見てたわけちゃうけど、あの子が赤ちゃんのときかって嫌な顔一つせずおしめ替えてあげててんで?」

伯父は「魔が差したんやろ」と呟き、新聞をめくり、それから咳払いをした。せれなはトイレに駆け込んで嘔吐し、誰にもしゃべるなと伯母から言われたときのことを思い出した。伯父とのエピソードはこれくらいしかない。

「紙の囲いから出てこない亭主しかいないくせによく言うよ」と言ってやろうかと思ったが、わざわざ関西から出てきてもらったので、気前よくコーヒーをおごり、帰りの交通費を渡してニコニコと送り出した。

せれなは隣町に引っ越した。バス通勤になってしまったが、リアンとの思い出が詰まったアパートを離れられてせいせいした。

老婆になっても彼を愛し続けるつもりでいた自分はもういなかった。あれほど素晴らしいと感じていたカップスの曲も、今はくだらないものとして右耳から左耳へ通り抜けていった。洋服屋で素敵な男性用のシャツを見つけて「この服リアンに着てみてほしい！」と思うのもやめにした。リアンは王子様などではなかった。あいつは冷淡で思いやりのかけらもない、パトリシアやシャルロットの言う通りクズだったのだ。

問題は新居に越したはずなのに、どういうわけか間取りも家具の配置も汚れ具合も、匂いまで昔住んでいた木造アパートにそっくりであるという点だ。おまけに怪奇現象まで起きた。死んだはずの父が化けて出て、せれなと一緒に暮らしているのだ。

せれなが風呂に入るために脱衣所で服を脱いだり、風呂から上がると父が偶然を装ってドアを開けてきた。中に人がいるかどうかは明かりで判別できるはずなのに「あ、いたの？　ごめんごめん」などとごまかして、首から下を凝視された。出て行かずにその場で服を脱ぎ出すこともあった。

恐怖で風呂に入れなくなり、台所のシンクで髪を洗い、浴槽の湯を洗面器に汲《く》んで鍵をかけられる自室に運び、タオルで体を拭くことにした。

ところがある日、父が「お風呂まだだよね？」と食事の支度中に声をかけてきた。抵抗すると髪を引っ張られ、そのまま風呂場まで引きずり込まれた。

ひったくるように服を脱がされ、硬く冷たい床のタイルが体に触れた瞬間絶叫したが、シャワーヘッドで顔と頭を殴られて「大きい声出したら近所の人にバレるでしょ」と脅迫された。まるでゴキブリを叩くような手つきだった。狭い浴槽で父と湯船に浸かる以外の選択肢がなかった。

「パパのどこが好き？」

放心状態のせれなを自分の膝の上に乗せ、さっきは痛かったでしょとでも言いたげな手つきで髪を撫でながら尋ねてきた。そしてせれなは思い出した。自分が十四歳のときに全く同じ目に遭ったことを。

十四歳の頃の一番楽しかった思い出は、カップスのヨーロッパツアーに同行したことだ。彼らはフランスのテレビ番組に出演したのだが、客の反応が悪かった。リアンはいじけてしまい、せれなはそんな彼をかわいいと思いながら頭を撫でてあげた。このときリアンは嘘泣きをしていた。せれなは父の膝の上で泣いていた。父はくすくす笑っていた。今も笑っている。信じられなかった。しかし、それを経験したのはまぎれもなく自分だった。

あのときは父の好きなところを聞かれて、何と答えたのだろう。その後殴られた記憶がないので、きっと無難なことを言って切り抜けたのだろう。早く思い出さなくてはならない。でなければまた殴られる。

せれなは「かっこいいところ」と答えた。父は喜んで「今度くるくる巻くやつ買ってあげる」とささやき、せれなの耳に息を吹きかけた。生きた心地がしなかった。あのときも同じ気持ちだった。くるくる巻くやつというのは何のことだろうか。ひょっとすると拷問器具だったのかもしれない。

記憶はみるみるうちによみがえってきた。確かあの日は風呂から上がると調子づいた父がまた襲ってきた。頭皮も頭も顔も体も全部痛かった。

あるとき、せれなは伸ばしていた髪を自分でバッサリ切った。拾ってきた古新聞を床一面に敷いて、「さまよう恋心」を聴きながら。せれなの記憶の中では、あの曲に登場する女性になりきって楽しく切ったはずだった。父はベリーショートにしたせれなを見て「猿みたい」とおもしろくなさそうに言った。ついでに体を洗う回数を大幅に減少させると、さらに父の関心が薄れた。うれしかったが、学校ではいじめられた。

風呂場から逃げ出すと父は消え、周りも新居に戻っていたが、髪を摑んで引きずられたときの痛みがいつまでたっても消えなかった。

くたくたになるまで働いたせれなは、部屋に帰ってカップ麺を食べると風呂にも入らず、そのまま布団に潜り込んだ。

まどろんでいるうちに昔住んでいたアパートの自室の布団の中にいた。鍵をかけていたので安心していたが、父が長い時間をかけて、針金を使ってせれなの部屋の鍵を開けて侵入してきた。また思い出してしまった。この後父に覆いかぶさられて「若いおなごはお肌がプリプリだのう」と頰ずりされたのだ。窓から飛び降りて逃げようと起き上がったときには手遅れだった。

酒を飲んで上機嫌の父の暴走は止まらなかった。キャッキャッと笑いながら肩に思いきり嚙みついてきた。同じところを何度も嚙まれているうちに血が出た。

このときばかりは本気で舌を嚙み切って死のうと思ったのに、いつのまにかヨーロッパに戻ってリアンとローマ市内を観光していた。彼とは破局したので、もう戻れない。

当時のせれなは十五歳くらいだったろうか。父に与えられたストレスのせいで、食欲不振や睡眠不足に悩まされていた。確かクラスメイトから「骨組み」と呼ばれるほどガリガリに痩せていた。風呂にあまり入らないせいで全身にできものがあったし、引っかき傷もあったし、毛の処理もしていなかった。せれなの触り心地はざらざらでボコボコだったはずだ。どこがプリプリだったのだろう。きっと父は若いおなごだと認識すれば、実の娘でも年老いた男でもペットボトルでも何でもよかったのだ。悲しいが腑《ふ》に落ちた。嚙みつかれた肩に父の歯形がくっきりと残り、体育の授業前に着替えていると「援交女」と女子たちに騒ぎ立てられたことも思い出した。

あの行為は二回ではなかった。よく考えてみると当然だった。あいつが二回で済ませるわけがない。本当は百回だったのかもしれない。

お腹をすかせて帰りを待っていてくれる人がいなくなったせいで、せれなはあまり料理をしなくなった。食べ物の味もわからなくなってしまった。大好きなチョコレートのアイスクリームすらおいしいと思わなくなった。

部屋にいるときは父がいつまた現れるかわからない恐怖と対峙《たいじ》しなければならなかったので眠れず、朝までテレビを観たりラジオを聴いたりして過ごした。

おかげで学生時代のようにガリガリに痩せられた。着るとはち切れそうになっていた黒のライダースも、今ではせれなよりも似合う人間はいない。おまけに人相まで悪くなった。頬がこけ、両目が常に血走っている。いつも近所のコインランドリーで漫画を読んでいた元隣人のバンドマンよりも、せれなの方がよほどロックミュージシャンらしい風貌になった。ただ、同僚の稲村さんからは心配された。

ある冬の夜、仕事から帰ってテレビをつけたせれなは、バラエティー番組で黒髪ロングヘアの若い女性タレントが「えー、私今でもお父さんと一緒にお風呂入ってますよぉ」と発言しているのを見てしまった。スタジオでどよめきが起こり、タレントはにっこり笑い、せれなは反射的にテレビを消した。

再びコートを羽織り、気分転換にスーパーへ行こうとすると、両手を広げた父が壁からにゅっと登場して心臓が止まりかけた。抱きつかれそうになったところを床に身を伏せてかわしたが、薄いピンク色のゲル状の物体に姿を変えた父が、四つん這いになったせれなの上にボタボタと降り注いだ。床にポトンと転がった目玉と目が合い「ギャー!」と叫びながら風呂場に飛び込んだ。新居の風呂場だったのが唯一の救いだった。

シャワーの水圧を最大限まで強くして、シャンプーのポンプを抜いて頭からどばどばとかぶった。爪を立てて必死に汚れを落としている間、耳の奥で父の高い笑い声がずっと聞こえていた。風呂場から出るまでコートを着たままだったことに気づかなかった。

その後、ルーズリーフで手作りした魔除《まよ》けの護符を壁中に貼りつけた。翌日からは給料に反映されないのに出勤時間を早めて、更衣室の掃除などの無意味な作業に没頭した。退勤後は閉店時刻ギリギリまでスーパーをさまよったり、コンビニで立ち読みをした。

　またある日、咳き込むと口の中から父が出てきた。父は勢いあまって転がったが、体操選手のような乱れのないフォームで起き上がり、襲いかかってきた。せれなは電気のスイッチを切るように意識を失った。

　一時間後に目が覚めたが、起き上がろうにも両足が頭部から飛び出していて動けなかった。さらに両手が背中から羽のように生えて、下半身もごっそりなくなっていてどうしたらいいのかわからなかった。助けを呼ぼうにも、喉が渇ききって声が出せなかった。

　せれなは水を飲むために、狭い部屋をドラム缶のようにゆっくりと転がりながら、台所まで移動した。シンクの下に体をぶつけると、しまい忘れた包丁が降ってきた。危うく頭に突き刺さりそうになったが、催眠状態からは解放された。刺さらなくてよかったと胸を撫で下ろした瞬間、空腹を感じた。

　せれなはさっそく丼に白飯をよそってそのままかきこんだ。味が欲しくなり、冷蔵庫に一個だけ残っていた卵を落とし、塩とごま油を投入して食べてみた。久しぶりにおいしいという言葉を発した。失っていた味覚を取り戻すことができたのだ。

誰にも奪われてなるものかという勢いで丼を空にし、炊飯器に残った白飯には弁当用のかつおのふりかけをかけて内釜から食べた。ふりかけの部分を食べきると肉が恋しくなり、自転車にまたがってスーパーへ出向いた。トンカツもしくはハンバーグを思い浮かべながら惣菜コーナーを目指したが、破格値で売られている冷凍のポテトに目が止まり三袋購入して帰った。

「せっかく痩せたのに」と言いながら、夜中にポテトをカリカリに揚げて塩コショウを振りかけて頰張ると、夢のような味が口いっぱいに広がった。あっというまに一袋平らげると残りの二袋も開封し、ガーリックパウダー、ケチャップ、しょうゆ入りのマヨネーズをセッティングした。そして揚げたそばから食べ続けた。

心と腹が満たされて布団に入ったが、激しい胸焼けと胃もたれに襲われてどれだけ待っても眠気がこなかった。やはり肉を買えばよかったと自分の愚かさを呪い、案の定腹を下した。

翌朝、白湯を少しずつ飲みながらニュース番組を観ていると、カップスの元メンバーであるジム・ノートンがすい臓がんで亡くなったと報道された。六十五歳だった。

　ある日の昼休み、朝から気合いを入れて作った豚肉のしょうが焼き弁当を家に置いてきてしまったせれなは、会社の休憩室に置いてあるハーブののど飴をなめてしのいでいた。皆の食事風景を見ないように背を向けて座っていたのだが、カップラーメンや揚げ物の匂いがゆらゆらと漂ってきて、いとおしむように吸引しては腹を鳴らす羽目になった。

「お疲れんこーん」

　声の主と関わりたくないせれなは、わざとらしさを感じさせない自然な流れで首を前に傾けて寝たふりを決め込んだ。

「おいシカトかよ」七歳年下の針谷《はりや》さんは、色黒の小柄な女性だ。毛染めが趣味で、毎回より汚い髪色に変えてくる。

「これあげるー。いらないお菓子もらった」針谷さんがテーブルの上に食べ物を放り投げた。地獄で仏とはこのことかと顔を上げると、口の中の水分を根こそぎ奪うため社員から忌み嫌われている抹茶味の最中だった。せれなは息を吐きながら包みを開けた。

針谷さんは昼食をとらない代わりに、丹念に化粧をする。左手に銀色のスパンコールがあしらわれた手鏡、右手にマスカラを持ち、せれなの目の前で化粧を直し始めた。キラキラと不必要に輝くスパンコールは目に有害だったが、鼻の下を伸ばしながら真剣に作業しているので言い出せない。

「痩せたりデブったりして忙しいねー」針谷さんは鏡を見ながら言った。「ちょっと前まで何であんなに細かったの？　失恋とか？」

せれなは頷いて、最中に支配された口の中を必死に動かしながら彼氏と別れて傷心だったと説明した。

「へー……。え、はっ？　ちょっと待ってお前彼氏いたの!?　付き合ってくれる人いんだ!?」

針谷さんの驚いた顔を呆れたように眺めながら、稲村さんが通り過ぎていった。

「うわーびっくりしたー。彼氏のツラ拝みたいわ、リアルに。あと尊敬の念を示したい」

針谷さんは黒いハンドバッグから紫色の香水の瓶を取り出した。せれなはどうかその香水を使ってくれるなと念じた。

「ミキの予想では二十個くらい上の底辺職のブサメン！　あってる？」絶妙に癇《かん》にさわる角度に首を傾けながら臭い香水をふりかけ、指を差してきた。

　せれなは今日こそこの女を言い負かしてやろうと思ったがインポッシブルだった。元彼は目を丸くするほどの長身イケメンで芸術的な才能にも長けた同世代のイギリス人だと言いかけた矢先に頰の内側の肉を嚙み、戦意が削《そ》がれたのだ。

「ミキちゃん香水つけるならトイレでやって。迷惑」

　稲村さんがたしなめると、針谷さんはかんにんかんにんと謝罪して立ち上がった。

「いやーお前にすら彼氏できるならミキにもまたすぐできそうな気がする。なんか希望持てたわ、ありがとさん」と言ってせれなの肩をポンと叩いた。稲村さんは鼻をつまみながら不自由そうにサンドウィッチを食べている。

「あ、お礼にいいこと教えてやるよ。失恋を乗り越えるためには新しい恋するしかないよ。まあお前に次はないと思うけど、ハハッ。じゃ、これで上がりなんでー」

稲村さんは休憩室を後にする針谷さんの背中に向けて中指を立ててから「早く辞めてくんないかなーあの子。デキ婚コースで半年もたないと思ったのに」と漏らした。それから給茶機の煎茶を入れて持ってきてくれた。礼を言うと「砂漠の緑化〜」と鼻歌を口ずさむように言って、せれなの斜め向かいの席に着いた。

「彼氏と別れちゃったんだね」

職場で恋愛の話をするのは初めてだった。

「ああ、はい、実は。十年以上同棲してたんですけど派手にケンカしちゃって。どうしても許せないこと言われて、修復できなくて」

「ああ……そりゃあ生きたまま切り裂かれるレベルのショックだね」稲村さんの声には実感が込められていた。「でも嫌なこと我慢して一緒にいるよりいいと思うよ」と彼女は続けて、煎茶をすすった。

「私彼氏できる気しないです」

くぐもった声で言うと、稲村さんは眉間にシワを寄せた。

「まさかあのブスまつ毛が言ったこと真に受けてるの？」

久しぶりに繰り出された稲村さんの毒舌に、せれなの目は点になった。
「みんなに聞こえてますよ」
休憩中のスタッフが皆一様に笑っている。
「稲村さん声が通るから」せれなは紙コップで口元を隠した。
「いや正木さんも笑ってるじゃん」稲村さんも必死に笑いをこらえていた。
この日せれなは久しぶりに声を出して笑った。

リアンの歌声を聞きたくないせれなは、カップスのベストアルバムに収録されている「Sunday」という曲を聴くことにした。この曲は先日亡くなったジムが作詞・作曲し、メインボーカルも担当しているのだ。
これまでリアン以外の三人が歌う曲は聴き飛ばしていたのだが、伝記本を読み返したときにせれなはひそかにジムに好感を持った。彼以外の三人には愛人が把握しきれないほどいた。多くのミュージシャンがそうであるように火遊びは得意分野だったからだ、と書かれていた。これは推測だがバンドが今にも解散しそうなときも、女と遊んでいる時間は仲良くできていたのではないだろうか。

レコーディングを終えて、馴染みの風呂屋へ出かける三人を見て、本の著者は君は一緒に行かないのかとジムに尋ねた。すると「俺は家族を守るために働いているんだ」と返ってきた。リアンに「兄さんは子作りが趣味なんだ」と嫌味を言われたらしいが、彼はぐっと我慢したというのだ。

バンド界隈《かいわい》は家族を幻滅させる者の方が多いため、ジムは度々変わり者扱いされていたそうだ。親交のあるバンドマンに真面目すぎると言われ「俺も遊びまくってるけどそれ以上に家族を大切にしてるんだぜ？」と絡まれた際には「そうじゃない。自分のためにそういうことをしないだけだ。一度でも家族を裏切ったら誇りがなくなるから」と答えたらしい。

ジムのきれいな部分だけを切り取っているのかもしれないが、リアンたちが言われたら困るようなことも容赦なく発表した本なので、過度に美化もされていないはずだ。

せれなはボーナスで購入したノートパソコンにアルバムを挿入して「Sunday」を再生した。前奏部分のピアノのメロディーが心憎いほど美しかった。

宝くじに当選したような人生
贅沢三昧だし何でも手に入る
でも日曜日に愛する人たちと過ごせない

花とおもちゃを買ってドアの前に立つ
恥ずかしくて隠れたくなるけど
君がドアを開けて出迎えてくれる
久しぶりに会う僕はセピア色に見えないだろうか

君たちの目には星が宿っている
君たちは僕の中で一番輝いている
こんなことを言うと笑われるだろうけど
たまに瞬きをした瞬間に
全部消えたらどうしようって考えるんだ

何も起こらなくてもいい
何か起きても楽しいけど
ヒゲを剃って髪を整えないと
君が見ていない隙に体重計にも乗ろうかな

僕は音符や轟音《ごうおん》と向き合ってばかりだから
子どもたちのわめき声も君の怒鳴り声も心地よい
そろそろ彼らが起こしに来るはずだ
さっきからそれを待っている

君たちの目には星が宿っている
君たちは僕の中で一番輝いている
笑われてもかまわないから
たまには本当の気持ちを伝えてみようかな

せれなは朴訥《ぼくとつ》としたジムの歌声を聴きながら目を閉じた。するとまぶたの裏で小さくてかわいらしい花がポン、ポンと咲いていった。

ジムはカップスを脱退後二度と表舞台には出なかった。マスコミを嫌っていたので私生活はベールに包まれているが、自宅の庭で撮影したらしい貴重な家族写真をインターネットで見ることができる。成人した四人の子どもたちと二人の孫に囲まれ、一緒に年を重ねてきた妻の隣で穏やかに笑う彼。がんは体のあちこちに転移して、長い闘病生活だったそうだ。

ジムは「Sunday」と名付けたこの曲をリアンに聴かせたとき「これは兄さんが歌った方がいい」と勧められたそうだ。こんなピュアな歌は自分にふさわしくないと言ったときのリアンの表情は、とても優しかったのだという。だから彼は照れくさいのに引き受けた。

インターネットの無料動画サイトに、ラフな格好でリラックスした様子の四人が、スタジオでこの曲の練習をしている映像が公開されていた。簡素な演奏に乗せて、少しぼそぼそと歌うジム。ＣＤよりも下手だった。ボーダーのＴシャツにジーンズ姿のリアンは、少しすました顔でキーボードを弾いていた。わざわざ自分専用のテープをビデオデッキにセットしなくても、いつでもお宝映像が観られるようになった。

リアンもこの曲がお気に入りだったそうだ。動画サイトのコメント欄に、晩年のリアンの発言を書き込んでいる日本人のユーザーがいた。

「兄さんはファミリーマンだ。スター稼業を始めて十年以上経つのに、彼だけはずっと変わらない。ミュージシャンという肩書きや金がなくても、家族がいれば幸せなんだ。そういう男も存在するって思いたくないかい？　特に女性はね」

ジムは色欲に惑わされなかったし薬物も嫌っていたが、酒とタバコに依存していた。


待ちに待った皆が揃う日曜日がやってきた。

玄関先で家族のために買った土産を持つ手を変えたり、呼び鈴を鳴らそうとしてやめたり、髪型を整えたり、とにかくそわそわして中々ドアを開けられないジムを、せれなはカーテンの隙間からのぞき見していた。彼の愛する子どもたちと顔を見合わせて、くすくす笑った。

彼の最愛の妻は「全くもう」と呆れていたが、喜びを隠しきれない顔で出迎えに行った。せれなたちもそれに続いて駆け出した。ドアの開く音がした。

「パパおかえりー！」

せれなはベースを背負った無精ひげのジムに向かって言った。

「ただいま」

皆の笑顔を見ると、ジムはほっとひと息つくように笑った。


せれなはパソコンの電源を切り、ベランダに出て夜風に当たった。月がきれいに出ていた。

しばらく眺めてから振り向くと、ジムが部屋の中で月を見ていた。せれなも中に入り、ジムは猫背だなと思いながら隣に並んで座った。

「あなたに聞きたいことがあるの」

「僕でよければ答えるよ」ジムは歌声と話し声がほとんど同じだ。

「子どもの頃、砂浜でリアンを生き埋めにしたって本当？」

「ああ、そんなこともあったね」苦笑いを浮かべて、事実だと答えた。

「ひどいことするのね」

「あれは悪ふざけのつもりだった、すぐに救出したよ。祖母にもこっぴどく叱られた。ただ、その後海に入ったら息がもたなくなるまでリアンに沈められた。弟はやられっぱなしでは終わらないんだ」

ジムの主張は言い訳に満ちていたが、別に嫌な気持ちにはならなかった。意外と謝ることが嫌いなのかもしれない。

「あなたは素敵な人よ、ジム」

歌のことをほめようかと思ったが、ジムを赤面させて困らせるような気がしたのでやめた。ジムはフッと笑って「どうしたんだ？　これまで僕になんて興味なかっただろう？」と言った。

静かなジムと一緒にいると、せれなは何か話がしたくなった。

「私の友達の話してもいい？　あんまり明るい話じゃないんだけど」

ジムは頷き、長方形の黒い箱からタバコを取り出して火をつけた。

「その子のお母さんね、その子が十歳のときに男と出て行ったの。そのショックでお父さんが自殺未遂して、色々大変だったみたい。でも命が助かってからはお父さん、人生をやり直すために必死に働き始めたんだって。それを見てた友達は、子どもながらにこれからは自分が父親を支えるんだって頑張ったらしいの」

ジムは相槌《あいづち》を打たないが、そのまま話を続けた。

「そんなときにお父さんに恋人ができて、ちょっと変わった人だったみたいだけど悪い人じゃないのはわかったんだって。でも結局その人も離れちゃって、友達は今度こそ本当にお父さんが死ぬんじゃないかってハラハラしたんだけど、それはしなかったの」

ジムのタバコからは砂糖菓子のような甘い香りがした。

「そのお父さん、小学生の友達に手を出すようになったんだって」

正面を向いてタバコを吸っていたジムが、目を見開いてこちらを見た。

「ね、驚くよね？　自分の子どもに手を出す親がいるなんて普通思わないよね」

ジムは硬い表情を浮かべて話の続きを待っていた。

「友達ね、それまでお父さんのことちょっと情けない人間と思ってたらしいんだけど、ひどいことされたり殴られたりしたせいで怖くなって、もう怪物としか思えなくなったんだって。結局、そのお父さんも死んじゃったんだけど……。お父さんは友達のことどんな風に思ってたんだろうね」

ジムにもきっとわからないのだろう、答えようとしなかった。

「思い出したんだけど、お父さんに初めて手を出されそうになったとき、友達の顔が一瞬引きつったんだって。もしかしたらお父さんにはそれが笑顔に見えたのかな。友達ずっと怖くて動けなくて、それでお父さん嫌がってるように思わなかったのかなって、悩んでた」

タバコの吸い殻を金属製の携帯灰皿に入れて、彼はこう言った。

「厳しいことを言うようだけど、人の気持ちを汲み取ろうとしない相手にはどう訴えても伝わらなかったと思うよ」

「じゃあどうすればよかったの？」

「何としてでも周囲の人間が子どもを守るべきだ。こういう問題は大人でも自力で対処するのが難しい」

「なら、友達に責任はない？」

「あるわけがない。彼女にとっては意味不明な行為だったはずだ。わからないと拒絶できない。ましてや自分を守る立場であるべき相手から、逆らえば暴力を振るわれるような状況で、逃げ道を見つけられるはずがない」

重要なことを伝えるときのように、ジムは声に力を込めて言った。それから「僕は不思議だよ」と小さく言った。

「いくら賢くてしっかりしているように見えても、子どもは子どもだ。知らないことだらけの人だ。親は習い事や進路のことを子どもと話し合って一緒に決めたり、送り迎えをしたり、帰りが心配なときには電話をしたりするものだ。皆が信じているものを、自分の子どもも一緒に信じていられるように」

ジムはほんの少しの間黙ってから、口を開いた。

「なのに、どうしてそんな真似ができるんだ？　子どもが自分を受け入れるとでも思うのか？　傷ついた子どもが親の行為の責任を追及できると思うのか？」

感情を必死に押し殺すような声音だった。せれなの警戒心は完全に解けた。

「ねぇジム、あなたは魔が差したって感覚が理解できる？　親戚のおじさんが言ってたんだけど、そんなことが理由になるのかなあ」

脈絡のないせれなの問いかけを、ジムは全てを悟ったような顔で聞き入れた。そして首を横に振った。「それは伯父さんの思い込みだよ」

せれなは何度も首を縦に振った。頬に大粒の涙が伝った。

「ホントは誰かに助けてもらいたかった。でも周りに頼れそうな人がいなかった。親戚はアテにできなかったし、警察は証拠がないと話聞いてくれないでしょ？　学校の先生とかに言っても、私無口で汚くて先生に好かれてなかったから、父親が自分の子どもにそんなことするわけないだろって……わ、私が嘘言ってると思われて逆に責められる気がしたしっ」涙が止められなかった。

「だからベラさんにも言えなかったの」

「怖かった？」間を置いてジムが聞いた。せれなは頷いた。

「恥ずかしかった。気持ち悪がられたら傷つくし、もし笑われたらどうしようって思ったし、それにベラさんいっつも疲れてたから、こんなことに巻き込むのも申し訳ないなって」

「君はその人を恨んだりしなかったの？」

「考えたよ。でも恨めなかった。母親のことは一生恨むだろうけど、どうせ物理的にも蒸発してるよあんな女」

ジムは何も言わなかったが、ティッシュを持ってきてくれた。

「ありがとう」

洪水のように流れ出る鼻水を思いきりかんだ。リアンの前では恥ずかしくて、花粉症に苦しんでいるときもずっとトイレでかんでいた。

「俺もトーマスのことを助けてやれなかったんだ」

リアンのことをトーマスと呼び、ジムは下を向いた。

「え？」

「君なら気持ちをわかってやれるかもしれない」

「どういうこと？」

「あいつも父親から……」

「殴られてただけじゃないの？」

ジムは今にも泣き出しそうな顔になり、唇を噛みしめた。「ジム？」名を呼ぶと煙のように姿を消した。

せれなには心当たりがあり、台所で重石《おもし》代わりにしていた伝記本を引っ張り出してきた。五百七十六ページもあるので内容を把握しきれなかったが、後半部分ではリアンの悲惨な少年時代の詳細が記されていたはずだ。

リアンの父親は幼い彼に暴力を振るいよく泣かせていた。泣き出すと「どうして泣くんだ？」と尋ね、リアンが「パパが殴るから」と答えるとまた殴る、その繰り返しだったそうだ。彼は当時の心境を「父は何もかもうまくいかなくて、弱体化したところを悪魔に乗り移られたと思うことにした」と語っている。

ジムも殴られてはいたもののリアンほど干渉されておらず、父親の目を盗んで向かいの家に住んでいる祖母に助けを求めに行っていた。リアンの死後、彼は「父が俺よりもリアンに強く当たっていたのは、母親に顔が似ていたからだと思う」と語っている。

続いてせれなはパソコンを起動させ、英語が堪能《たんのう》なリアンのファンの人が運営しているブログを見つけて読んだ。動画サイトにリアンの元愛人数名の暴露番組が公開されている。全編英語でさっぱりわからず、どうせ尻の軽い人間たちが彼とのセックスがよかったなどと話しているだけだと思っていた。

しかしファンの人によると、愛人たちは「リアンはひどい人生を送ってきたの」と彼の痛ましい過去を嘆いているそうなのだ。父親の絵のモデルをやるのが苦痛だったことや、機嫌が悪いときは部屋に監禁されて怖かったことを、自分の前で打ち明けてくれたのだと。リアンは酒を飲むとふさぎ込み、薬物を使用すると怒り狂い、泣き笑いし、ピアノやギターを破壊しながら作曲に打ち込んだ。愛人たちが素敵な曲ねとおだてると「大金持ちになって父親を見捨てるために努力してきたんだ」と得意げに言っていた。彼の父親は息子より長生きした。

また行きつけのバーでも、ピアノを弾いているときに父親が椅子の下に潜り込んできたことがあると漏らしていたそうだ。せれなが初めて購入した雑誌のインタビューで、曲を書いているときは卵の中にいるような感覚だと言っていた。世界中にピアノと自分しかいないように静かなのだと。その感覚をなんとなく理解できる。

再び伝記本を開いた。父親と母親どちらに向けて発言したのかは明確ではないが、両親について尋ねられた彼は「子育てよりも自分の娯楽を優先していた人」と答えている。せれなは最初に読んだときから少し気になっていたのだが、子どもを放置してギャンブルか何かに明け暮れる親だったのかと深く考えなかった。

そして少年たちと不健全な宴を楽しんでいたときに書いた「Blue Fighter」を

聴いた。確かにメロディーはそのときに作ったのかもしれない。しかし和訳を読み返してみると歌詞がとても悲しい。友人と離れ離れになったパイロットの歌なのだ。

　二分化された僕たちは
　時間が機能しない虚無から世界を見下ろす
　君は昏睡《こんすい》状態のまま一人で飛び続けた
　長い間よく耐えてくれた

　僕も遠い彼方《かなた》に追いやられて形を失っていく
　宙ぶらりんだけどがれきに埋もれるよりはいい
　ようやくここまでやってきたのだから
　これから大きな物語が始まるはずだ

動画サイトに近年撮影されたパトリシアのインタビューがあった。六十六歳になった現在も女優として活躍している。

リアンはワールドツアーに出かける前、評論家から下されたニューアルバムの辛辣な評価に傷つき、マスコミの薬物依存に関する追及に疲れ果てていた。さらには不倫相手とも破局し、一旦パトリシアの元に帰ってきた。彼女にはリアンに言ってやりたいことが山ほどあった。二人は口論となり、感情を爆発させた彼は「お前は裸でベッドの上にいればいいんだ」と言い放ったらしい。

その後「父親が母親に言っていた台詞だ」と泣き出し、うずくまって彼女に何度も謝った。泣き崩れたいのは侮辱されたパトリシアの方だったが、ただならぬ様子のリアンを見て折れるしかなかった。

パトリシアは「結局彼は私のことを人間じゃなくて肉として見ていたのよ」と憂いに満ちた表情で語っていた。彼女は知らないままかもしれない。これはリアンの父親が母親に言っていた台詞であり、母親が去ってからは彼が言われていたのだ。

リアンの死因は溺死だった。

一九八三年八月三十一日、休暇先のスペインでリアンは首絞め強盗に遭った。宿泊先のホテルへの最短ルートを探して、散歩好きの彼は日暮れ時なのに一人で路地に入ってしまった。そこで運は尽きた。

リアンはモロッコ人の男数名から暴行を受け、地面に突っ伏して動かなくなった。地元住民に声をかけられたときは平気だと答えて、少し歩いた路地で何時間も座っていた。

翌朝、広場の噴水の池に顔を浸けて死んでいるところを通りすがりの男子学生に発見された。彼は「あれはリアン・ノートンだったのか」と驚いたらしい。気づかれないのも無理はない。晩年のリアンは痩せ細り、サンタクロースのようなひげをたくわえていた。目の下にできた赤黒いクマを隠すように、常に大きなサングラスもかけていたのだ。

目撃者の証言を基に多くのマスコミは暗殺説を唱え、一方で自殺と推測してドキュメンタリー映画を撮った映画監督もいた。彼の死の秘密に迫った力作だと自画自賛していたが、観た者全てが辟易《へきえき》するような薄ぼんやりとした内容だったらしい。

何年か経って犯人グループは別件で逮捕されたが、直接手にかけたわけではない。彼らがやったのはリアンの背後から首を絞めて、ひるんだ隙に所持金と装飾品を奪ったところまでだ。どうやら犯人たちに殺すつもりはなかったらしい。殺す気で首を絞めなくてもリアンはすでにボロボロだった。薬物がどれほど彼の人生に影響を与えたか、晩年の写真を見れば一目瞭然だった。

しかし彼は時折せれなにも言っていた。僕を孤独を抱えた哀れなミュージシャンだと思っているなら大間違いだと。

一九七六年に撮られた「さまよう恋心」のライブ映像を、久しぶりに動画サイトで観ることにした。二十年前、せれなはこの映像をテレビで観て、リアンの虜になったのだ。

動画サイトの存在を知ってからもう何百回と観ているのだが、毎回ピアノの音色と歌声に耳をそばだて、リアンの表情や仕草、長い前髪からのぞく瞳の動きにまで目が離せなくなる。この頃はパトリシアと結婚したばかりで、幸せの絶頂期だ。当時彼は二十五歳なので、今ではすっかり年上になってしまった。

ギターソロに突入すると、ステージの右側にいたマックスが前に出てくる。リアンは息を合わせようとして、彼に目で合図を送る。するとマックスの表情が崩れる。おそらく肝心のギターソロでミスをしてしまったのだ。演奏は一瞬乱れるが、リアンの機転で持ち直す。無念のマックスは「ご迷惑をおかけしました！」と言わんばかりにリアンを見つめる。その刹那、彼は歌っている最中とは全く違う、慈愛に満ちたはにかんだ表情を浮かべる。それから何事もなかったかのようにピアノを弾く。せれなはここがたまらなく好きなのだ。

演奏が終わった。

「セレナ」

名を呼ばれたので体ごと振り向いた。リアンは画面から抜け出たかのように、変な服を着てドアの前で腕を組んで佇んでいた。部屋をおしゃれな雰囲気にしたくて購入して失敗したオレンジ色の照明も、彼にかかればスポットライトだ。

「君はどうして僕のことが好きなの？」

何故今その質問をするのだろうか。せれなは答えず上体を戻した。

「リアンは私のこと好きなの？」

リアンも答えなかった。せれなは暗くなったパソコンの画面を見ながら話した。

「自分の手で殺せばよかった」

ベラさんはせれなのせいで父に殺されたようなものだ。近頃は父の悪夢を見なくなったが、血まみれのベラさんが夢に出てくるようになった。彼女は最期にどんな表情を浮かべていたのだろうか。

「そしたらあの人を巻き込まずに済んだのに」

「セレナ、その話はしなくてもいい」

「私たちなんかに出会わなかったら死なずに済んだし、人を殺さなくてもよかった。私がお父さんを怒らせなかったらあんなことにはならなかった」

「セレナ、君は恐怖の存在に怒りを表明できたんだ。子どもだったのにすごいよ。僕は大人になってからようやくできた」

なぐさめてはくれているが、リアンは近づいてこなかった。

「あの人には守らなきゃいけない家族がいた。私には誰もいないのに。……私あの人になんにもしてあげられなかった。母の日にカーネーションとかあげればよかった」

「セレナ、君は何も悪くないよ。これだけははっきりしている。それに君は優しい子だ。これ以上自分を責めるのはよしてくれ」

優しすぎる言葉をかけられるのはかえって苦しかった。

「いっそのこと」

リアンは言葉を遮るように「君が生きていてくれてよかった」と言った。

「何で？」

「僕のソウルメイトだから」

振り返ると、リアンはどこかに行ってしまっていた。

父の命日の前夜。せれなはテレビをつけっぱなしにしてパソコンでオリバーとマックスの新曲を聴いていた。オリバーの新曲は明るくキャッチーで、サビはひたすらナナナと歌っていた。彼はぶよぶよだったが、やはりふさふさだった。マックスはカップスの代表曲を「今聴くととても嫌いだ」などと文句をつけていたくせに、発売中の新曲は「I Want to Go Out」にそっくりだった。

パトリシアの現在を調べてみると、あれほどリアンは最高の相棒だったと評しておきながら、彼が亡くなった二年後に七歳年下の競泳選手と再婚して男児を出産していたようだ。十年後に離婚し、つい最近三十二歳年下の売れない大道芸人と再々婚したらしい。

リアンの娘ドロシーはバンド活動をしていたが、知名度の高さとは裏腹にあまりぱっとしなかった。歌が上手くないのだ。二十一歳のときにイギリスの俳優と結婚したが、子どもを二人産んだのち離婚した。子どもはどちらも男で、父親に似た馬面だった。

ついでにシャルロットのことも調べてみると、唇が大きくなっていた。リアンと別れてからはフランスの元大統領を皮切りに、イタリアの彫刻家、香港のアクションスターなど数々の著名人と不倫を繰り返したらしい。四十歳のときに資産家の老人と結婚したが、相手の女性問題が原因ですぐに離婚。彼女が出版した暴露本は物議を醸したらしく、言い訳がましい内容であることが容易に想像できた。

流しっぱなしにしていたバラエティー番組で、関係ないと叫びながら持ちネタを披露する芸人が登場した。聞いているうちに、いつかのタイミングで父から「そんなの関係ないよ」と言われたことを思い出した。どういう状況だったのか、前後の言葉も思い出せない。絶対に思い出さない方がいいことを言われた気がする。蓋をしている記憶がたくさんあるのだから。リアンとロンドンでバカンスを楽しんでいたときの記憶もまだ戻っていない。おそらく十五歳の頃だ。理由は忘れたが少しの間入院しており、志望校は全て落ちて、結局名前を書いたら合格できる高校に入学したのだ。

頭がキリキリと痛み出して心細くなり、せれなはテレビを消して花屋と百円ショップに出かけた。帰宅すると布団を敷き、来るなら来いと覚悟を決めて仰向けになった。右手に二本のシャベル、左手で白いバラの花束を抱えて目を閉じた。

*

せれなは緑に囲まれた広い墓地にやってきた。地理にうといので断言できないが、ここはロンドンかマンチェスター市内だろう。せれなは導かれるようにリアンが眠る場所へまっすぐ進んでいった。

未だに多くのファンが訪れる彼の墓は手入れが行き届いていた。摘みたてのようにみずみずしい花束がいくつも供えられており、とても見栄えがよかった。日本語で書かれたメッセージカードが添えられているのを見つけてうれしくなった。

せれなも一応用意してきたが、彼の好きな花を知らないので無難にバラを選んだ。花束を供えてから腕まくりをして、シャベルを使って墓碑の下を掘り起こした。

肘まで土をつけて掘り進めていくと、コンと硬いものに当たった。手で土をかき分けるとくすんだ白色の棺《ひつぎ》が姿を現した。せれなは汗を流しながら、何時間もかけて土やミミズたちと格闘した。

ようやく出てきた棺の蓋を開けると、リアンが仰向けの状態で両手を組んで眠っていた。ミイラにもガイコツにもなっていなかった。虫も湧いていなかった。

俗世から離れた場所で眠る彼の穏やかな顔を見て、生前に散々代償を払って手に入れた平和が守られていることがわかった。せれなはタイムマシンにお願いをして、彼がジムとオリバーと廃墟でデモテープを完成させるあたりから人生をやり直させてあげたいと思っていたが、もうここにいるのがいいのかもしれない。ボロボロになるまで働かずに寝てばかりいられるおかげか、肌のコンディションもよかった。三十二歳の男なのに、うらやましいくらいツルツルだ。

せれなはリアンの頬に口づけをしてみた。王子様はお姫様のキスで目覚めなかった。指でまぶたをこじ開けてみようかと思ったが、かわいそうなのでやめておいた。代わりに彼の頭をぐしゃぐしゃと撫でて、美しい顔を髪で見えなくしてやった。

棺は一人用にサイズが設計されているので、このままでは入れるスペースがない。せれなは綿のように軽いリアンを端に押しやって、体を横向きにして寄り添った。窮屈だが悪くなかった。頃合いを見て白ひげの墓守がやってきた。せれながチップと一緒に墓碑の上に置いておいたシャベルを使って、土をかぶせてくれるはずだ。

棺の蓋を閉めた。中は真っ暗で何も見えない。これで安心して眠りにつける。どうせ明日もまた五時半に起きて、バスに乗って仕事へ行くのだから。

解説——「性虐待」というテーマの深奥に潜む、もっと恐ろしく興味深い何物かについて

マライ・メントライン

本作は性虐待と女性の生きづらさを中心テーマとして執筆された小説で、その面での深みと鮮烈さについては、本稿に書くまでもなくすでに巷間《こうかん》で高く評価されている。本作は第四十四回すばる文学賞を受賞。第百六十四回芥川賞候補作にも選ばれた。また、真の才人の手になる作品は、往々にして主眼となる領域以外でもいろいろと世界や人間の深層実相を浮き彫りにするもので、『コンジュジ』もまさにそういうタイプの逸品といえるだろう。

報道ドキュメンタリーでよく取り上げられる「破綻」「困窮」家庭そのものの状況下、自らの内面で生成した男性アイドル（それもジャニーズ系とかではなく古めの英国ロックスター）をひたすら妄想召喚することで日々を生き抜こうとす

る女性の物語、といえばステレオタイプ的なイメージがすぐ連想されがちだが、本作の場合まず印象的なのは、単に女性視点からの男性告発ではないという点。かといって加害者たる男性心理との対置でもない。モンティ・パイソンなどのブラック系英国コメディの精髄とも通底するドライで本質の奥底を突く状況描写が女性主観の暴走に歯止めをかけ、かつ、問題の深刻さに凄《すご》みを加えているのだ。ユーモア・ウィット表現が現実逃避ではなく現実認識のブースターとして機能しているあたり、技法としても実に唸《うな》らせられる。

また、主人公せれなの「脳内スター」リアンが、変にもったいぶらず「やあ！」という調子で日常にスッと現れてくる現実／妄想の地続き感が良く、これが現実逃避という以上に現実の悲惨さを際立たせる効果を持つのが本作の大きな特徴だ。とはいえ、実は本作は単なる妄想ドラマではなく高度にマジックリアリズム的な構造を持つ小説であり、この点を見のがすと勿体《もったい》ない。マジックリアリズムといえば、ガルシア＝マルケス、そしてボルヘスを筆頭とする南米文学である。やや突飛な世界解釈や世界認識が現実を貫いてその本質の幾分かを暴き、そして主人公に何がしか啓示めいたものをもたらすというフォーマットだ。ただし啓示を受けた主人公がそれを現実世界で効果的に活用できるとは限らない。
　ということで、リアンがボーカルを務める「ザ・カップス」が英国のバンドであり、せれなの新しいお母さん「ベラさん」がブラジル出身なのは、実は伊達《だて》ではなかったりするのだ。

　このマジックリアリズム性が南米文学の後追いめいたものとならず、独自の輝きを放つのが本作の大きな読みどころといえよう。妄想にしろなんにしろ、人間、手持ちの材料でやりくりしていかねばならないわけで、現実逃避しようにも、妄想を構築する材料の七割がたは「現実」なのだ。せれなが創造してみせるリアンにしても、半分は味噌汁《みそしる》と唐揚げで出来ている。それはいかにも単なる「妄想の不完全さ」の証拠のように見えてしまうが、実はさにあらず。物語の進行につれて浮上し明確化してくるのは、その不出来なリアンが、ある意味、不出来ゆえに「妄想を侵蝕《しんしょく》する」ようになる文脈だ。つまり、物語全体としては現実と妄想の相互侵蝕が深まっていくわけで、例えば、せれなの父親とリアンのイメージが不本意にも次第に収斂《しゅうれん》していってしまう描写はその一環といえる。実に興味深くも恐ろしい。その果てに主人公が行きつくリアンと二人だけの不可侵領域としての結末の情景を味わいなおすと、なんともいえぬ悲痛な愛《いと》おしさがこみ上げてくる。**推しを徹底的に推すことで成立する召喚魔術により、現実を超えたり克服することはできない。むしろ傍目《はため》にみて悲惨な境遇に陥る可能性が高い。だが同時に深い主観的な納得感を得られてしまう。**

彼女の精神的辛苦は本人の願望どおりに報われるべきものなのか。

彼女は自らを救済した、あるいは誰かに救済されたといえるのか。

実に難しい。

これは極めて現代的とも汎時代的ともいえるモチーフで、旧ソ連圏の人だったら誰もが知っているといわれる二十世紀文学の金字塔のひとつ『巨匠とマルガリータ』（ミハイル・ブルガーコフ）の終章近く、神の道具として無自覚に酷使されきった主人公に付与される運命を気にする悪魔に対し、使徒マタイが「彼は光を得ず、安らぎを得た」と断言する、あの絶妙で深いペーソスに近接した香りがしてしまう。もっと文芸センスの欠落したあけすけな表現でいえば、閻魔《えんま》大王から「うーん、君の選んだコースだとね、ハイクラス煉獄《れんごく》行きなんだよね。君、ポイントは高いんだけど、コース自体に天国行き設定が無いんで」と宣告されてしまう、そんな展開な気がしてならない。

いずれにせよ、この「救済の限界とは」的なテーマについては、電脳空間やSNSを介在させて語ったほうがもっとキャッチーでわかりやすい作品になったであろうに、そうしなかった著者の気骨を私は買いたい。

さて『コンジュジ』というこの作品、読者の世代や立場によって、大きく読みごこちや印象が変化するのではないかと感じる。

それは例えば、高度経済成長期やバブル期以前の記憶を原体験に持ち、かつ、そこそこの人生を全うして資産を安定確保しているゆえ「逃げ切り」を図れそうないわゆるカチグミな層と、そうでない層での違い。そうでない層というのは、ロストジェネレーションと称される就職氷河期以降の苦労層とか、ロールモデル的な人生行路を描こうとして描けず、それゆえの呪いを抱えた年嵩《としかさ》の層とかだ。

主人公せれなは、前者の読者層にとっては「こういう可哀想《かわいそう》な子もときどき居るよね」という例外的存在であり憐憫《れんびん》の対象にもなるが、後者の読者層にとっては「一歩間違えると誰でも（誰の子でも）こういう蟻《あり》地獄に堕《お》ちるんだよな……」という、より身近でビビッドな存在として感じられる。その印象は端的には、生活破綻による「文化的生活」からのドロップアウトの恐怖の有無により大きく左右されるだろう。

そう、生活破綻。

その精神への影響。

その中で人はどう生きるか。

あまり表立って語られないが、「生活破綻の恐怖」は性暴力という表玄関から直接つながった奥座敷に鎮座する、『コンジュジ』の深部テーマといえる。せれなの家庭だけでなく、物心両面にわたり世界的な成功を収めて名声を博したリアンでさえ、結局は生活破綻者になったのだから。その意味で本作のマジックリアリズム的技法は、**カネがあっても無くても発生して人心を蝕《むしば》む生活破綻の有様**というものを、重層的に束ねつつ最大火力で主人公の脳髄に突き刺すという、ある意味極めて罪深い踏み込みを行っている。が、だからこそ素晴らしい。南米の巨匠たちが描くのとは異なるタイプの拡張版地獄だ。であればこそ、人間の本質、理非曲直が通常以上に明確化し、その描写の説得力も倍増するというものだ。生活破綻の危機を「利用」して魔道に堕《お》ちた父親の姿と、あやしさと後ろ暗さを抱えつつも人の道の肝心なところは踏み外すことなく猛然と生きるベラさんの姿。双方ともに極端でありながらも理屈を超えたリアリティの重みを湛《たた》えているのは、そのためであるように思われる。

本作の結末の穏やかな死のイメージも、見ようによっては生活破綻の恐怖からの解放、あるいは落としどころとしての「生活機能」の一種のように感じられる。そもそも非日常的な幻像の召喚とその所有で現実的欠落の埋め合わせをする日常習慣は、全体的に資産が目減りして「引退」「余生」という人生オプションが無くなり、一生働き続けなくてはならないらしい（私を含めた）二十一世紀人にとって、いつの間にやら常識の範疇《はんちゅう》に入ってきた感がある。ゆえに、あの幻像を抱えながらの「日々の死」がもたらす安寧の描写には、ただただ実感的な納得しかないのだ。

ときに、先にマジックリアリズム性の特徴として挙げた「啓示」的要素といえば。

例えば父親から性被害を受けているせれながリアンの幻像を視《み》る場面は、かなり神秘体験的だ。というか、宗教史に残る「艱難《かんなん》の只中《ただなか》での神的存在の顕現」体験の実相とは、実はこういうものだったのでは？　という妙なリアリティがある。

接した幻像が例えばキリストとか聖母マリアとかなら、その地上の代理人たるキリスト教会組織に庇護を求めるという現実的な方策も取りやすい。だが、人気はあっても何の権威権力とも無縁なアイドルスターの幻像ではどうしようもない。そしてその体験主体たるせれなは、体験や情報のインプットに対してアウトプットが（それも重要な点で）常に足りなめな、ある意味、残念なタイプの子だ。ゆえに、彼女が自力で摑《つか》み取った「内なる真の奇跡」は報われない。さらにいえば、せれなはその「奇跡」体験を活《い》かすというより、長々と単純消費して生きる道を選んでしまう。

そう考えると『コンジュジ』は、最終的な安寧をもたらす死に至るまでのゆるやかで残念な一本道を、一見それとわからない形で描いた作品といえなくもない。少なくとも私にとっての実感は強烈なほどにそういうもので、同時にこの感触は、ある一定以上の世代の「あるべき人生設計はこうだ」みたいなイメージが人生初期に形成されていたような人たちとは共有できないだろうな、という直観とともにある。

そして、一方。

せれなに性暴力を働く父親には何が見えていたのだろう？　そしてそこにはいかなる主観的な奇跡めいた要素があったのか。『コンジュジ』で起動した強烈な被害者視点の文脈は、おそらくその「加害者」サイドの物語による補完を経て完成、昇華するだろう。木崎みつ子氏自身によってそれが成し遂げられるかどうかはわからないが、いわゆるラノベやアニメを含めた二十一世紀の第一四半期に生み出されるディストピア系ドラマは、社会を構成する年齢層のいびつさや、被害者と加害者の混淆《こんこう》や入れ替わりを誘発するSNS文化などの影響もあり、この「被害」「加害」文脈の連携や再構築というテーマを無視できない。私はその動向を注視したい。

（まらい・めんとらいん　翻訳／通訳／エッセイスト）

本書は、二〇二一年一月、集英社より刊行されました。
初出　「すばる」二〇二〇年十一月号

集英社文庫　目録（日本文学）

集英社文庫　目録（日本文学）

集英社文庫　目録（日本文学）

集英社文庫　目録（日本文学）

集英社文庫　目録（日本文学）

集英社文庫　目録（日本文学）

小杉健治　贖罪
小杉健治　赤姫心中　質屋藤十郎隠御用 三
小杉健治　鎮魂
小杉健治　恋飛脚　質屋藤十郎隠御用 四
小杉健治　失踪
小杉健治　観音さまの茶碗　質屋藤十郎隠御用 五
小杉健治　逆転
小杉健治　質草の誓い　質屋藤十郎隠御用 六
小杉健治　最期
小杉健治　大工と掏摸　質屋藤十郎隠御用 七
小杉健治　生還
小杉健治　九代目長兵衛口入稼業
小杉健治　結願
小杉健治　御金蔵破り　九代目長兵衛口入稼業 二
小杉健治　邂逅
小杉健治　陰の将軍、烏丸検校　九代目長兵衛口入稼業 三

小杉健治　奪還
小杉健治　獄門首に誓った女　九代目長兵衛口入稼業 四
古関裕而　鐘よ鳴り響け　古関裕而自伝
古処誠二　ルール
古処誠二　七月七日
児玉清　負けるのは美しく
児玉清　人生とは勇気　児玉清からあなたへラストメッセージ
木原音瀬　捜し物屋まやま
木原音瀬　ラブセメタリー
木原音瀬　捜し物屋まやま2
小林エリカ　マダム・キュリーと朝食を
小林紀晴　写真学生
小林信彦／萩本欽一　小林信彦 萩本欽一ふたりの笑《しょう》タイム
小林弘幸　読むだけ スッキリ！ 今日からはじめる 快便生活
小松左京　明烏《あけがらす》落語小説傑作集
小森陽一　DOG×POLICE　警視庁警備部警備第二課装備第四係

小森陽一　天神
小森陽一　音速の鷲
小森陽一　イーグルネスト
小森陽一　オズの世界
小森陽一　風招《お》きの空士　天神外伝
小森陽一　ブルズアイ
小森陽一　インナーアース
小森陽一　GIGANTIS volume1 Birth
小山明子　パパはマイナス50点
小山勝清　それからの武蔵 (一)(二)(三)(四)(五)(六)
今東光　毒舌・仏教入門
今東光　毒舌身の上相談
今野敏　惣《そう》角《かく》流《る》浪《ろう》
今野敏　山嵐
今野敏　琉球空手、ばか一代
今野敏　スクープ

集英社文庫

コンジュジ

2023年2月25日　第1刷　　定価はカバーに表示してあります。

著　者　木崎《きざき》みつ子《こ》
発行者　樋口尚也
発行所　株式会社 集英社
東京都千代田区一ツ橋2-5-10　〒101-8050
電話　【編集部】03-3230-6095
【読者係】03-3230-6080
【販売部】03-3230-6393(書店専用)
印　刷　大日本印刷株式会社
製　本　ナショナル製本協同組合

フォーマットデザイン　アリヤマデザインストア　　マークデザイン　居山浩二

ISBN978-4-08-744490-2 C0193